水俣
天地への祈り

田口ランディ

河出書房新社

水俣 天地への祈り　もくじ

装幀　大倉真一郎
カバー写真　企業組合エコネットみなまた

水俣　天地への祈り

はじめに

「影響を受けた作家、および作品は？」という質問に、「石牟《いしむ》礼《れ》道子《みちこ》さんの『苦《く》海浄土《がいじょうど》——わが水俣病』」と答えていたことが、水俣の地に導かれるきっかけとなりました。

　私が『苦海浄土——わが水俣病』に特別な思い入れがあるのは、とても個人的な事情があってのことです。

　二十代の初めにこの本と出会ってから、およそ二十年間、わけあって水俣のことを意識的に避けていました。その経緯に関しては本文で詳しく述べますが、私が初めて水俣を訪れたのは四十四歳。最初は、史跡を訪ねる観光者のような気分でした。

　遅れて来たよそ者として水俣に通い始めた頃に、水俣病の語り部の杉本《すぎもと》栄子《えいこ》さんからこう言われたことがあります。

「いまごろ水俣にやって来るとは、あんたもめずらしい人だ。いま水俣に来ても書くようなものは何もないでしょうに、よくもまあおいでくださった」と。

杉本さんの言葉通り、二〇〇四年当時、もうすでに、水俣病事件を彷彿させるものは、自然の中にはありませんでした。資料館に当時の記録を見いだすことはできても、それは写真や映像です。実際の海は穏やかで美しく、不知火海《しらぬいかい》のお魚も美味しかったのです。ですから、まず私がしたことは「水俣病の痕跡を探す」ことでした。水俣の地に来たのだから少しでも水俣病を実感したい、そんなことを思っていました。

患者さんや、水俣市民の方たちと交流をさせていただくようになって、やっと言葉として語られる水俣病と出会いました。私は水俣市の誰もが水俣病について関心があり、水俣市全体が水俣病と共にある、そんな錯覚をもっていたのですが、現実は違いました。

多くの市民にとって水俣病は過去の出来事でした。いまだ患者認定を求める多くの被害者がいる現実は、あまり理解されていませんでした。だんだんと、水俣市民と被害者との間に、溝《みぞ》があることを理解していきました。

病苦と闘ってきた人、加害企業のチッソや行政と裁判で闘ってきた人、患者さんを支援してきた人、水俣市に暮している人、それぞれの思いがあり、思いは決してひとつではない。過去の悲惨を、どう受け止めるかは人それぞれでした。

一般市民の方と水俣病の話題になることは稀《まれ》でした。穏やかに暮していらっしゃるように見えました。とにかく、たいへんなことが起きたのだ。同じ水俣の人同士が差別しあったり、憎み合ったりした。水俣病の苦しみだけでなく、人間関係で心を蝕《むしば》まれるような辛い歴史があったのだ。そのことを、肌で感じるようになりました。

水俣病の症状は、パッと見ただけでは健者には理解できません。とても複雑で個人差があります。なので、患者さんと会っている時でも相手の方が水俣病であることを忘れていることがありました。

親しくしてくださった患者さんの中に、今は語り部の会の会長になっていらっしゃる緒方正実《おがたまさみ》さんがおります。初対面の時に、緒方さんが眉毛を剃っているのはなぜだろうと思ってお顔を見ていました。ご自身で眉毛を剃られたのだと思っていました。「水俣病の影響で眉毛が生えない」と聞いたときは、たいへん申し訳なく思い、何も理解していないのだなあと、痛感しました。

何度か通ううちに知り合いも増えて、水俣は私にとって懐かしい、大切な場所になっていきました。特に、杉本栄子さん、緒方正人《おがたまさと》さんのお二人にはお世話になり、励まされました。短い交流ではありましたが、患者さんたちの生の言葉に触れたことは、貴重な体験でした。

この本は、お二人のお話を中心にまとめました。杉本さんも、緒方さんも、水俣病事件の闘いの中で「自分はどうあるべきか？」という問いを立て、悶《もだ》え苦しみながら答えを摑み取った方たちなのです。

杉本栄子さんは「水俣病は私の守護神だ」と言いました。緒方正人さんは「チッソは私である」と言いました。

この言葉は、常人ではとても口にすることができない、恐ろしい言葉です。家族を死に至らしめ、自分の身体を蝕んでいる水俣病を守護神と言い、チッソという加害者を、自分のなかに取り込んで、かみ砕き、飲み込み、己の一部としてしまうような、そんな言葉です。

お二人はただ為す術《すべ》もなく運命を我が身に引き受けたわけではありません。闘って、闘って、闘った揚げ句に、人間として何を信じ、何を諦め、どう生きるかを選んだのです。私はその揺るぎない言葉と行動に、強く魅かれました。

水俣は、作家の石牟礼道子、写真家のユージン・スミス、桑原史成《くわばらしせい》、映画監督の土本典昭《つちもとのりあき》といった、優れた表現者たちによって描かれ続けてきました。発生から六十五年の時を経ても、国際的な映画俳優のジョニー・デップによって映画化されています。なぜ水俣は表現者を惹きつけ、この地を描かせてしまうのでしょうか。

水俣病事件は、単なる公害事件ではないのです。水俣病闘争のなかに「宝（思想）」があります。日本の精神の古層とも言うべき思想……あるいは、信仰と呼んでもいいのかもしれない。その「水俣という思想」に触れた衝撃、感動を、芸術家は表現したくなるのだと思います。

表現者によって、伝え続けられる「水俣」とはなんでしょうか。杉本栄子さん、緒方正人さんを通して「水俣という思想」をお伝えするのが本書の目的です。

また、表現する側は、悲惨を通して語られる他者の物語と、どう向き合っていけばよいのか、についても、本書では触れております。

二〇二一年七月七日

田口ランディ

第一章

水俣へ

かつて、水俣を描こうとした一人の表現者がいた。演出家・兵藤恵介。二十代の初め、私は兵藤を通して水俣病事件を知った。そして彼の死をもって水俣を封印した。彼はなぜ水俣に惹かれ、水俣病を描こうとしたのか。兵藤に起きた出来事と水俣は無関係である。それを頭では理解していたが、他者の悲惨を題材に作品をつくることの「業《ごう》」を直感した私は、水俣に挑む表現者の執念に畏怖を覚えた。

同時に、水俣病の病苦を超えて人間としての生き方を模索する人々と出会い、自然破壊を続ける人類の行く末に、かすかな希望を見出すこととなった。

遅れて来たよそ者

これがあの『苦海浄土』の海か、有機水銀に汚染された海か、と、何度も確認するように心で呟いていた。肥薩《ひさつ》おれんじ鉄道はリアス式海岸に沿って進む。時折、古い絵はがきのような漁村が見え隠れする。穏やかに過ぎた。水俣は「悲惨の地」。公害の原点でなければ困るし、毒の海でなければ拍子抜けする。

ようするに、私はそういう無責任な部外者として水俣に来た。

水俣で最初にしたことは「どこが汚染された海なんだろう？」と、猛毒の傷跡を風景に探すことだった。


きっかけは、ホームページに載せていた一文だ。

自己紹介欄に、尊敬する作家として石牟礼道子をあげていた。

二十代の頃に読んだ石牟礼さんの『苦海浄土——わが水俣病』という作品には個人的な思い入れがあった。ホームページを見たＮＰＯ法人水俣フォーラムの女性スタッフから連絡があったのは二〇〇四年七月の初め。水俣フォーラムでは毎月、水俣をテーマにした講演会を行っているとのこと。講師を依頼されたが、お断わりするつもりだった。

初めて『苦海浄土』を読んでから二十年。その間、水俣を忘れていた。そんな私がいったい水俣について何をしゃべるというのか。なのに会う約束をしたのはなぜか。仕事で上京した折り、神楽坂の居酒屋で待ち合わせをした。水俣フォーラムの活動について聞いているうちに、石牟礼さんの話題になった。

「実は八月二十八日に、石牟礼道子さんの新作能『不知火』が水俣の埋め立て地で奉納されるんです。石牟礼さんは千年の後まで水俣を語り継ぎたいとおっしゃって、能をお書きになったんですよ」

石牟礼さんが、有機水銀に冒されたすべての魂を鎮魂するために能を書かれたという。しかもその能を、毒の海を埋め立てた土地に奉納するという。

「それ、私も観られますか？」

断わるつもりがお願いしていた。話を聞いてどうしてもその能を観たいと思った。いや、観に行かなければいけないと思った。

そんなわけで、急きょ水俣フォーラムが主催する「水俣ツアー」に潜り込ませてもらうことになったのだ。

苦海浄土

石牟礼道子著『苦海浄土——わが水俣病』には、思い入れる理由《わけ》があった。個人的なことだが、その話をしておきたい。

一九八〇年代初頭、私は吉祥寺の「跛《は》行舎《こうしゃ》」という劇団に所属していた。主催していたのは演出家の兵藤恵介で（以下Kと呼ぶ）、当時彼は強い美学と執念をもって社会問題を題材にした芝居を作っていた。三池《みいけ》炭鉱、従軍慰安婦、水俣病……。一連の作品を「悲惨物語」と呼んでいた。

まだ二十代だった私はバイトを転々とするフリーター暮らし。世の中は高度経済成長後の安定期で景気が良かった。どうとでも食べてはいける、そういう気楽さがあった。

インターネットもスマホもない時代。メディア情報誌『ぴあ』のなかに「劇団員募集」の広告を見つけた。アングラ演劇は下火になっていたが、演劇はまだ若者の問題意識の受け皿だった。

訪ねていって、面食らった。

なんたる時代錯誤。ここは左翼の巣窟《そうくつ》か？

稽古場は井の頭通りに面した民家の奥にある防空壕。狭い扉をくぐりハシゴを降りる。そこに大人が五人座れるほどの桟敷《さじき》席がある。さらにハシゴを降りると十畳ほどのスペースがあり、それが舞台兼稽古場だった。

壁、床、天井、一面に暗幕が張られており、ドアを閉めると正真正銘の闇になる。一糸の光も差さぬ本当の闇なのだ。およそ消防法を無視したその稽古場で、この劇団は公演活動も行っているという。

「とんでもないところに来てしまった」と思った。

暗い防空壕で「悲惨」を演じるなど「冗談じゃない」と心では叫んでいたが、演出家Kと劇団員の妙な雰囲気に呑まれて言葉が出ない。

気乗りしないままに、劇団と関わっていくことになった。

私はKが苦手だった。Kは辛辣《しんらつ》な男で、私を見て言った。

「オマエみたいな女は、だいたい口ばっかりの、信用できない奴なんだ」

見透かされたと思った。以来、私はずっと「口ばっかりの女」と言われ続けた。

この劇団では役者が自ら台本を書き一人芝居を演じる。

当時は四人の劇団員がいた。それぞれが演じていたのは「従軍慰安婦」「炭坑夫」「日雇い労務者」「水俣病患者」だった。もう観ているだけで気が滅《めい》入った。そんな芝居を来る日も来る日も防空壕の中で演じ続けているのである。

芝居の稽古以外にも、Kはいろんなことをしている。精神科病院から逃げてきた精神障害者の支援や、韓国語の勉強会。ハングルもKから教えられた。

理解不能。時代はバブルに向かっていた。「おいしい生活」というポスターがあちこちに貼ってある。そんな豊かさの中でなぜ、この人たちは暗いことばかりに関心を寄せているのか。共感できなかった。なのに、不満を持ちつつ稽古に通っていた。

思えば、私の身体を流れる血がこの劇団の芝居と呼応したのかもしれない。実家の親族は近代から見放された者たち。母方の祖父は炭焼きだし、父方の祖父も、父も漁師だ。もっと都会的なかっこいい暮らしがしたかったはずなのに、似たような場所に引き寄せられていた。

この劇団で稽古に使われていたテキストが、石牟礼道子の『苦海浄土』だった。

Kは、なにかにつけて「オマエはバカか！」と言った。実際に私はバカだった。「少しは自分の頭で考えろ」と怒鳴られた。二十二、三歳の娘にとって水俣病は大昔の出来事。なぜいま自分が水俣病について考えなければならないのかわからない。

そろそろ本気で将来のことを決めなければ。いつまでもフリーターではお先真っ暗。いったい自分になにができるのか。学歴もない、金もない、美貌もない。それでこの先、良い仕事に就けるのか。自分の事で精いっぱいで、とてもじゃないが水俣病や従軍慰安婦まで手が回らない。逆に、いったいこの劇団の人たちはなぜ他人の「悲惨」に興味を持つのか、それが不思議でしょうがない。彼らは自分と他者の「悲惨」をどうすり合わせているのだろうか。

Kは、いわゆる全共闘世代だ。当時の私は全共闘が何なのかもわからなかったが言葉だけは知っていた。そして、全共闘だったと名乗る人たちも知っていた。Kは学生運動に挫折した男たちとは違う言葉を使った。辛辣なくせに、言葉はいつも弱者に寄り添っている。

Kは演劇を通して自らの信念を貫いていたと思う。世の中がバブルになっても防空壕にこもり、社会に対する問題提起を試みていた。しかも独自の美学をもっており、単なる社会派演劇ではなく表現芸術を目指していた。舞台には能や歌舞伎の動きを取り入れ、新劇っぽく感情を表現することを禁じた。発声も古典芸能を手本にしていた。

Kの生活は質素だった。右肩上がりに景気が良くなると誰もが信じていた時代。そんな世相に見向きもせずに、なるべく消費せず、あらゆるものを廃品利用で作り、井戸水を使って生活していた。照明も、音響も、装置は彼の手作りだった。

空き缶はKによって素晴らしい照明器具として蘇った。小さな舞台に無数の照明が使われた。通常の舞台では使うことのできない淡い光が、防空壕の中で独特の幽玄をかもしだした。彼が作りだす光は怪しかった。闇の中に見えるとも見えないとも知れない明りを生み出すことに命をかけていた。

明るさに慣れている観客に、Kの照明は闇への凝視を強いる。観客の感覚を研ぎ澄まし惑わす光。Kは幽玄を追求していた。

変な人だなあ、と思った。

なぜ彼は消費文化を毛嫌いし、流行らない社会問題を追及し、時代に逆らった生き方をするのか。彼の頭脳と才能をもってすれば、もっと注目される演劇を作ることができそうだ。題材を変えて、時流に乗ればいいじゃないか。当時の私は思った。どんなに素晴らしい演劇でも、話題にならなければ意味がない、と。

稽古が終わると劇団員が携帯コンロで夜食を作り酒を飲む。そこでまた演劇論が交わされる。やたらと人間関係が濃くて、飲み会は深夜まで及び、終電がなくなると寝袋に潜り込んで冷たい防空壕に泊まっていく。

話についていけない。いつも「今日こそ辞めますと言おう」と出かけていく。実際に、黙って行かなくなった時期が何度もある。ところが、しばらくするとなぜか気になってたまらない。それはKのせいだ。

「オマエはバカだ、そんなバカのままで一生終わっていいのか、このバーカ」

と言い続けてくれる人が他にいなかった。私は自分のどこがバカなのかもわからないほどのバカだった。そして「だからオマエはバカなんだよ」と言い続けてくれる人を必要とするほどのバカだった。

結局、この劇団と、つかず離れずの関係のまま「バカ、根性なし、いいかげんの口先女」とののしられながら、宴会に顔を出したり、公演で照明を手伝ったりと、情けない関わり方を続けていったのだった。


酒を飲むと、Kはよく石牟礼道子の作品について語った。

私はKの話を聞きながら、石牟礼道子という作家はそんなにすごい人なのか、と思った。最初に勧められて読んだ作品が『苦海浄土』と続編の『天の魚』だった。

なんと不思議な文章を書く人だろうと思った。その印象は、石牟礼道子という美しい名前とともに、その後ずっと記憶に刻まれることになった。

薪能　不知火

水俣の駅舎に降りたつと、目の前にチッソ工場の看板が見えた。

〈えっ？　チッソはまだあったのか！〉

びっくりした。とっくに潰れたと思いこんでいたのだ。

水俣病資料館までタクシーに乗った。

運転手さんが「水俣の海はヘドロの海だと思って来る人もたまにいますけどね」と笑っていて、それはまさに自分だ、と恥じた。

私の水俣は、二十代で読んだ『苦海浄土』で止まっている。

堤防で釣りをしている人がいた。思わず「あの魚は、食べられるんですか？」と聞いた。

「食べられますよ、美味しいです」

折から台風十六号が九州に接近していて、天気予報が伝える雲行きははなはだ怪しかった。龍のウロコのような灰色の雲が垂れこめていた。

夕方からの奉納公演は大丈夫なのか。なにしろ無数の生命を奪った有機水銀の海を埋め立てた場所での薪能《たきぎのう》だ。怒り狂った龍神が嵐を起こしてもおかしくはない。

「もしかして、お客さんも、埋め立て地の能を観にいらっしゃったんですか？」

「そうです」

「全国からたくさん人が集まってますよ、今日も東京から来たという人たちを乗せました」

チケットはとうに完売していた。

石牟礼道子の奉納能。もしKが生きていたらさぞ来たかったろう。車中でもKのことばかり考えていた。ここに来ることになったのも、Kのはらかいではないかと。


資料館の駐車場で、水俣フォーラムの事務局の実川《じつかわ》悠太《ゆうた》さんと合流した。

実川さんは水俣ツアーの責任者で、ツアー参加者を率いて水俣病の関連施設を案内していた。

私は仕事の都合もあり遅れてツアーに加わったのだ。もうその日の見学はほとんど終わり、これから夕食に出発するところだと言う。


山の上のレストランで食事をしながら、私は実川さんに言った。

「正直なところ闘ったり、訴えたり、論じたりすることが苦手なんです。そういう場所には出て行きたくないし、関わるのもごめんだと思っています。支援活動とか、救済活動も、どうにも居心地が悪くて……」

すると、実川さんはにんまりした。

「水俣フォーラムは、支援はしないんですよ」

「そうなんですか？」

「水俣フォーラムの目的は、水俣病の事実を一般の人たちに広く知ってもらい、今に生かすことなんです。主な活動は水俣展の開催ですね。全国で水俣展を開催し、それを中心軸にして水俣セミナーや水俣病記念講演会の企画運営など行っていますが、支援団体ではありません。立場や思想、宗教などとは関係なく、広くいろんな人に参加していただいているし、そういう活動をしていきたいんです」

それで、私にも講演の依頼が来たわけか……と、ようやく納得した。

「運動というのが、どうも苦手で……」

「僕もそうですよ」

彼は大人だと思った。無躾な話を意に介したふうもなく、忙しそうに席を立ちながら私に言った。

「とにかく、水俣にようこそ。いろいろ見て、感じてください」

因果応報

二十代の数年間、私はKの劇団と関わりそこで多くのことを学んだ。

私にとってあの劇団は学校だった。社会問題に興味のなかった私が、足尾銅山から水俣まで、かろうじてその経緯がわかる。朝鮮半島が分断した理由も、精神障害者の現状も、部落差別も、すべてKから教わった。

だからと言って、そのような問題に対して自分が真剣に向き合うことはなかった。私はKに興味があったのだ。この人はなぜ、これらの問題に関わろうとするのか。

一度だけ、用事があってKが私の仕事場の近くにやって来て、二人で昼ご飯を食べたことがあった。神田の路地裏の定食屋に入ってサバの味噌煮定食をつつきながら、Kと並んで話をした。稽古場ではいつも大声で威張っているくせに、二人だけになるとKは妙にシャイでおとなしかった。その頃、私はようやく広告会社にバイトで潜り込み、そこに正社員として採用されたところだった。生活のメドが立って少し気が大きくなっていた。Kは広告会社とか、そういう口ばっかりの仕事場はオマエにぴったりだ、と、悪態をついた。

会社の同僚たちは有名大学を卒業して、コンセプトだ、モチベーションだ、プレゼンだ、と英語を連発する。今でこそ常識だが、仕事相手をクライアントと呼んだ。私もエディターと英語で書いた名刺をもらい嬉しかった。業界に憧れていた私は仕事に満足していた。

Kだって、彼の頭脳をもってすれば、どんな出世もできるだろうに。せっかく国立大学を出ているのに、どうして貧乏な生活をしながら、世に認められない暗い芝居を作っているのか。

「オマエのこの間の台本、あれはなかなかいい」

急に褒められたので、みそ汁が咽《のど》につまりそうになった。

「そうですか？　ほんとに？」

「ああ。あれはいい」

台本というのは、劇団員のために私が書いた短い稽古用の芝居のことだ。

褒められて嬉しかったが、あれは、私が書きたいものだったのかな、と不安になった。Kに気に入られるために書いた気がした。じゃあ自分に書きたいものがあるかと言えば、当時はなかった。

「次の公演は、石牟礼の『苦海浄土』をやる」

Kはそう決めていた。

『苦海浄土』は、稽古場で繰り返し演じ続けられてきて、この劇団の最も美しい舞台になっていた。ただ、今回の演出の一部には気乗りしなかった。青森の恐山《おそれざん》のイタコが口寄せで水俣病患者の霊を呼びだすというのは、なにかの一線を越えている気がして怖かったのだ。しかし、口を挟むような立場ではなかった。

「いつか、石牟礼さんに観てもらえたらいいですね」

Kは返事をしなかった。

翌年、一月七日に事故は起きた。

劇団の稽古始めは毎年七日と決まっていた。稽古始めは大切な日だ。この日は稽古の後に新年会もある予定だった。

この日、私はなぜか稽古に行きたくなかった。家でぐずぐずしているうちに、結局、サボった。稽古をサボる常習犯なので、ああ、またイヤミを言われるなあと暗い気分で寝床についた。

翌朝八日。仕事に出かけるべく支度をしていた。

「本日未明、吉祥寺のアングラ劇団で火事……、死傷者四名……」

え？　と思った。

テレビ画面を見ると、ヘリコプターが火事の現場を航空撮影していた。もくもくと煙が出ているのは、稽古場のあたりだった。

会社に行かずに吉祥寺に直行した。火はもう鎮火していた。ケガやヤケドをした劇団員は、ばらばらに病院に運ばれたらしい。

Ｋは、武蔵境の日赤病院にいると聞いてすぐに向かった。病院に行って、ほっとした。Ｋは生きていた。無菌室の中で素っ裸に近い格好で歩き回っていた。たぶん、ヤケドが痛くてじっとしていられないんだ。それでも生きていた。良かったと思った。

私を見ると、いつものように毒舌を放った。

「オマエは、ほんとうに、悪運が強いな！」

火事の原因は不明。警察はタバコの火の不始末ではないかと言っていたけれど、信じられない。この劇団の人たちはものすごく注意深く真面目だった。タバコの火は必ず水につけて消していた。それはＫの人柄の反映と言っていい。だらしないことの嫌いな人だった。この劇団で、最もだらしないのはこの私だ。

熟睡していて逃げそびれた男性を、Kは助けようとしたと聞く。一度は煙を逃れて外に出たが、一人いないことに気がついてまた火中に戻ったらしい。

翌日、Kの容態が急変した。全身の火傷が悪化し、脳への酸素供給が七分間止まった。窒息した脳細胞が死に、身体だけが残った。

Kは植物状態になった。意識の戻らないまま四年を生きて、亡くなった。

時の流れ

午後六時。新作能『不知火』奉納前。

台風は、日本の南海上で速度をゆるめて停滞していた。

ほんとうに奇跡としか言いようがない。晴れている。

夕暮れは美しく、風もおだやか。そして、舞台に明りが灯る頃には雲が切れ、星が瞬き、満月までが顔を出したのだ。会場に集まった千人以上の人びとが、皆が空を見上げて「龍神が味方した」「カミサマはいるんだ」と囁き合っていた。

能舞台の背後には不知火の海の波音。ライトアップされた恋路《こいじ》島《しま》の黒い影が浮かんでいる。美しい風景だった。

あの台風の接近を止めるとは凄い。歴史的な舞台に立ち会っている。ここに導いてくれたのは

Kだと思った。Kも観たかったんだ。この能を。

上演まではまだ時間があった。手渡された小冊子をパラパラとめくる。

そこに、「趣意書」が掲載されていた。

今からおよそ百年前の一九〇六年、チッソはこの地水俣にやってきました。その時から不知火の海辺における百年物語は始まったのです。それはやがて、この国の近代化百年の表裏を象徴する事件ともなって、水俣病が地殻変動のごとく発生し、それまでの環不知火海の生命共同体を破壊したのでした。その重層的な受難史は今日に至り、公式発見とされる一九五六年五月一日から数えて五十年にならんとしております。

当時、水俣病第一号とされた患者は、その三年前の一九五三年十二月十五日に発病していた事が確認されています。まさに今年、水俣病発見から苦難の五十年の時節を迎え、チッソがやって来てから百年の歳月となるのでございます。かくして受難史の法要年時にあたる今、私たちには存在の原点回帰という歴史の要請が掛けられているのではないでしょうか。

（中略）

私たちは、人類史における世界の水俣ゆえに二〇〇四年八月二十八日、苦海の中心なる埋立地の海端において、新作能「不知火」を歴史の要請する、〝いのちの願い〟として、是非とも厳《おごそ》かに奉納したいとの熱い想いから、その趣意をここに表明するものです。その実現は、生命受難のこの地において、世界に向けた生類《しょうるい》共々の〝命の祀《まつ》り〟となることを確信しております。故なればこそ、皆様方におかれましては、一人ひとりの生命存在の縁《えにし》に立ち還る歴史の時として、水俣の百年物語のこの時に立ち会っていただきたいと心より願っております。

この時世にあって、新作能「不知火」を奉納する事は生命世界への帰依の一念からです。

それはまた、私ども人間存在の真価をかけた静かなる祈りと心得ております。

なにとぞ皆様方の合力《ごうりき》賜らん事を切に請い願う次第でございます。

新作能「不知火」水俣奉納する会

水俣の時間が流れていた。

水俣の時間は水俣病の苦しみを共に乗り越えた人々の時間だ。言葉のひとつひとつが五十年の歴史をもって重かった。

私には〝いのちの願い〟も〝命の祀り〟も実感することができない。関わっていないのだから。関わっていないということは、考えていないということだ。そのような自分がこの場に立ち合っていいのか。

〈あいかわらず、オマエはバカだな。これから考えろ〉

Kの声が聞こえた気がした。

あたりに夕闇が舞い降りてきた。潮は凪《な》ぎ、風もおだやか。賑わいのなかにも厳粛な雰囲気が漂う。

鼓《つづみ》が鳴り、笛の音が響いた。

海中の毒を身をもって浄化し息絶え絶えな龍神の姫・不知火が現われる。汚れきった海を嘆き不知火が狂乱すると、ふいにほんとうの風が吹き舞台がかき乱れた。観客も息を呑む。偶然とは思えなかった。この場にたくさんの魂が集い、不知火の憤怒に共鳴している。

この夜、不知火が菩薩《ぼさつ》に呼び出されたのは、不知火の灯りのもとで、生類の行く末を心あるものたちに読み取らせるためだ。つまり、私たち観客も菩薩から未来を託されている存在として能に組み込まれている。

不知火は弟の常若《とこわか》と再会し、菩薩によって来世で結ばれることを約束される。すると音楽の神が飛び出し祝祭を舞う。やがて魂たちの輪舞となり、生命の再生を予感させ終演となる。エロスは、因果応報を超え、死をも超え、生命を繋いでいく。

石牟礼さんは、生類の魂の鎮魂をした。人間にしかできない仕事をした。これは御神事だ。〝人間存在の真価をかけた静かな祈り〟、これこそ演劇の本質ではないか。

もしかして、Kが、目指していたものは、これなのか？

これだ、と思った。

私が知りたかったのは、これだ。

終演後、恋路島に向かって、三艘の精霊船《しょうろうぶね》が流された。

たくさんの灯籠を灯した小さな船が消えていく波間に、水俣奉納する会の代表・副代表であり、自らも水俣病患者である緒方正人さん、杉本栄子さんがじっと手を合わせ祈った。その様は、能奉納という大きな役目を下ろしたようでもあり、あるいはひとつ下ろすことによってさらに大きな宿業を引き受けているようでもあり、神々しかった。その圧倒的な存在感に畏怖を覚え、身がすくんだ。

実は翌日、緒方さん、杉本さんのお二人を取材させていただくことになっていた。

しかし、お二人の姿を見ていたら、とてもいま、自分が話を伺うことは無理だと思った。うまく言えないが、まぶしすぎて目を開けて見られないし、なにより会うのが恐ろしかった。

「すみません、私はいまのままではとてもお話など伺えないので、今回は帰ります」

台風を理由に予定を繰り上げて、逃げ帰って来た。

出会い

水俣から帰ってからが、困った。

なにか凄いものを見たのだが、自分が見て感じたものの正体がわからない。しかし、もうそこから逃れることができない。

祈っていた二人の後ろ姿が浮かぶ。あれは何なのだ？

あんな人間をこれまで見たことがない。

水俣フォーラムの会員になり、水俣について勉強を始めた。水俣の周りをあてもなくぐるぐると回り始めた。

事務局の実川さんは私を見ておもしろがっていた。

「田口さんみたいな人が、必要なんですよ」

そう言って、翌年の水俣病記念講演会の司会を頼まれた。

「できることならなんでも協力しますが、ほんとに私でいいんでしょうか？」

「いいんです、いいんです」

私はいつも自分の生半可《なまはんか》さに疑問をもっている。こんな中途半端な態度で関わっていいんだろうかと不安なのだ。なにしろKにずっと「オマエは口ばっかりだ」と罵倒されてきた。そして自分でもほんとうにそうだなと思う。

いつもどこか逃げ腰だ。関わるのが怖いのだ。

二〇〇五年五月に名古屋で開催された水俣病記念講演会は盛況だった。

ゴールデンウィークまっただ中に、水俣病の講演会に来る人はいるのかと、思っていたが、四百人の会場はほぼ一杯。しかも圧倒的に若い方が多かった。

「若い方、多いですね？」

「最近そうなんですよ。なんででしょうね」

たぶんこのフォーラムの趣旨がいいからだ。水俣フォーラムは患者さんを具体的、金銭的に支援するためのものではなく、水俣病を一般の人と共有化し、いっしょに学び、語り、考えていこうという姿勢を貫いている。ボランティアの人たちの関わり方がゆるくてほっとする。知ってもらおうという謙虚で、温かい雰囲気が若い人には心地よく、参加しやすいのだと思う。

毎回、この講演会は司会の朗読で始まるのだという。

「去年は竹下景子さんが石牟礼さんの文章を朗読したのですが、田口さんは作家だから自分の作品を朗読したらいかがですか？」

実川さんにそう言われて、私はかなり悩んだ末に朗読原稿を書き下ろした。たかが一回、水俣に行っただけの私に何をさせようというのか。ようやく書き上げたのが以下のような原稿だった。

「……水俣における『不知火』は、失われた生類への奉納であり、神事でした。あの場に立ちあえたことは幸せでした。同時に生類の行く末を知らされた者としてどう生きるか、たいへんに難しい宿題をいただきました。水俣を通して、生命の希望を語りつぐために、今日またここに、たくさんのみなさまがつどっていることが希望です。

言葉は時を超えていきます。

千年の未来へ、この思いが届きますように」

自分で書いて、自分で読み上げたくせに「きれいごとだ……」と思った。私の言葉には心がない。実感がない。だったらもっと実感のもてる事を書けばいいのだが、私の実感ってなんだ？そんなものはまだない。

会が終了してから懇親会があった。

居酒屋の座敷で私の前に座ったのは、水俣病患者の原武千潮さんだ。

原武さんは二十歳の頃に湯河原に住んでいたことがあると言い、ローカルな話題で盛り上がった。中学卒業後、集団就職で上京して自動車整備の仕事に就く。そのころから水俣病の症状……手足の痺《しび》れ、耳鳴り、頭痛、味覚麻痺などが断続的に出始める。でも、当時は自分が水俣病だとは思いもしなかったそうだ。

原武さんは、海の話が好きだ。

自分が子供の頃、水俣の海がどんなに美しかったか。楽しかったか、海でどんなことをして遊んだか、その話をずっとずっとしてくれた。今でも休日は魚釣りに日本海に行く。そして「海にいるときはイヤな事も全部忘れる。なにもかも忘れて夢中になれる」と言った。

それでも私たちは水俣病の話が聞きたいので、つい話をそっちに振る。すると原武さんの口は急に重くなる。

この日、海の話をたくさんした。私も海が大好きで、海の話は面白かったけれど、心から楽しめたかというとそうでもない。なにかを避けていたからか。触れることのできないものを感じながら、皆で他愛ない話をしていたからか。

一人、ホテルに戻ってため息が出た。

遠いなあ。

そして自分に言い聞かせる。そりゃあそうだ。他者の悲惨に自分が至れるわけがない。心がない言葉に力など宿らない。

Kが生きていたら、と思った。


石牟礼道子があとがきに書いた文章が忘れられない。


白状すればこの作品は、誰よりも自分自身に語り聞かせる、浄瑠璃のごときもの、である。

このような悲劇に材をもとめるかぎり、それはすなわち作者の悲劇でもあることは因果応報で、第二部、第三部執筆半ばにして左眼をうしない、他のテーマのこともあって、予定の第四部まで、残りの視力が保てるか心もとなくなった。視力より気力の力がじつはもっと心もとないのである。


（石牟礼道子『苦海浄土——わが水俣病』改稿に当って〔旧版文庫版あとがき〕より）


悲劇に材をもとめるかぎり、それはすなわち作者の悲劇でもあることは因果応報。

それでも石牟礼道子を水俣へと向かわせたものは、何なのか。

Kを水俣へと向かわせたものは。
そして、私もまた水俣へ、向かおうとしている。

のさり

二〇〇五年の十一月、私は再度水俣に出かけた。リベンジである。水俣病の本を読みあさり、頭に知識を詰め込んで、緒方正人さん、そして杉本栄子さんを訪ねた。杉本さんの仕事場である杉本水産の軒《のき》で、ちりめんじゃこをつまみながら、海を眺めつつ一時を過ごした。

水俣病患者である栄子さんの話を聞いているうちに、私の頭はますますこんがらがってきた。いったいこの人は何者なのか？

杉本栄子さんは一九三八年生まれ。三歳の頃から父親に海を教え込まれたという、九州でもめずらしい女網元《あみもと》だ。

「小学校の頃から網子《あみこ》の漁師達を束ねて漁に出ていました。だから子供ながらに〝栄子どん〟と呼ばれていました。〝栄子どん〟というのは大人の呼び方なんですよ」

ここは、良いことも悪いこともさっと流れていってしまう村です。

杉本さんは自分の育った土地をそう表現した。村中が親戚のようで、子供はじいさん、ばあさんが育てる。山の神、海の神への感謝の仕方も村の古老から教わって大きくなった。だが一九五九年、母親の身体に異変が起こる。

「母がハシが重たいと言うんです。そして手づかみで食べるようになるんです。そのうちに履物もどこかにやってしまって裸足で歩いても気づかんし、かあちゃんただいまと言っても返事もせんようになって、それで、村では一番最初に父が病院に連れていったとです。私は家で一人で留守番しておりました。

そうしましたら、その夜のＮＨＫのラジオニュースで〈杉本トシがマンガン病である〉と全国放送されてしまったんです。当時は水俣病はマンガン病と思われていて、感染すると言われていました（マンガン病は脳にマンガンイオンが過剰に蓄積することから生ずる脳疾患。当時は伝染病と誤解されていた）。それからいじめられました。皆がうちの前を通るときは口を押さえて小走りで行く。少しでも雨戸開けとったら石投げられましたから、私は何が起こったのかわからず、もう怖くて怖くて父の帰りを待っていました。父は三日帰って来ませんでした。夏で、暑くて、でも雨戸を開けたら石が飛んでくるから閉め切った真っ暗ななかで、ほんとうに人というのが怖くなって、死にたいと思いました」

その後、杉本さんは父親と共に病院に行き、閉鎖病棟に入れられた母親の壮絶な姿を見ることになる。

「病院に入っても入っても母の病室がないんです。もう奥の奥の隔離された部屋の戸を開けたら、そこにいた人たちが一斉に私を見たその目が怖かった。今思えばあれは、自分の家族が来たんじゃなかか……という目だったんでしょうね。暗い部屋のなかで呻《うめ》く人、叫ぶ人、てまりのようにぴょんぴょん飛んでいる人、すごいんです。いったいこの人たちは人間か、このなかに母ちゃんがおるんか、と思ったら……もう……」

杉本さんの父親は、隔離病棟にいる母親の介護に通うのに村の中の道を歩けなかったそうだ。道なき山道を毎朝、鎌をもって草のつゆ払いをしながら通ったという。

「ほんとうにくやしかったです。この村の人は鬼ばかりになった、いじめ返して死にたいと父に言ったら、父はわたしにこう言うとです。ここまで生きてこられたんも皆のおかげ。昔はみなよか人なんだ。今はシケなんだ。いじめる人は変えられんけん、自分が変わっていこうばい。病気の母ちゃんをおいて先に死ねんとよ。だからあわてんな。このシケが終わるまで待て……と。私はくやしさのあまり三十代で総入れ歯になりました。ですが、患者のおばさんば介抱して身体さすったとき、あんがとねえ、あんがとねえと言うたその目が、生きているあいだにこげんことせねばならんと教えてくれたとです。苦しくて死ぬよりも、この人たちに、こうせねばならんことを教えてくれたとですね」

自分が苦しくて死ぬよりも、苦しむ人たちを助けねばならん、そう語る杉本さんの言葉を私はすぐには呑み込めなかった。そうかもしれないが、それができないのが人間の弱さではないのか？

「水俣病はのさりと思ってます」

杉本さんはそう言った。のさりと言われてもその意味がわからなかった。

「のさり言うのは、どう言うんかなあ……。自分が望んだんではなくて、向こうからやってくるものをさす言葉です。大漁ものさり、病気ものさりです」

こののさりは、水俣だけの方言ではなくて熊本県内ではわりと使われる言葉だと聞いた。動詞形でも使われ、魚の群れに出会って大漁になると「今日はのさった」と言うらしい。

杉本栄子さんが水俣病によって受けてきた病苦、差別を私はとうてい書けない。理解もできない。その杉本さんが「水俣病はのさりです」と言う。するっとあっち側に行かれてしまい、気持ちが追いつけない。

のさりを実感するのに、百万年かかるな……と思った。

「杉本さんが、一番好きなことはなんですか？」

素朴な質問だった。すると彼女はこう答えた。

「祈りです。わたしは祈りが大好きなんですよ」

「祈り？」

「わたしら漁師は、昔からなんにでも祈るんです。船の上でごはん食べるときは、自分の弁当ばほんのちょこっとですが、海にさしあげます。魚にさしあげます。どこへ行ってもその土地の神様に挨拶して、食べるときはちょこっとお分けして、お祈りしちょります」

「どういうお祈りをするんですか？」

「どういうっていうか、お経も読めませんから、ふだんの言葉で話しかけるんです。それがわたしらにとってのお経です」

杉本さんの祈りを聞いてみたいと思っていた。いったい祈りとはなんなのか。私には祈りがわからない。言葉はわかるが納得できない。どうすれば祈りなのか。どのような心が祈りなのか、知りたい。

出魂儀

二〇〇六年一月、大阪の貝塚市で「水俣・貝塚展」が開催された。

開会式前日、杉本栄子さんが関係者だけの「出魂儀」を執り行うという。

「来ませんか？　田口さんに水俣展を見てもらいたいんですよ、まだ見たことないでしょう？」

いつものように軽い調子で事務局長の実川さんから電話があった。

「出魂儀」とはなんだろうか。よくイベントの前にお祓《はら》いのようなことをするが、そういう祈禱《きとう》のことだろうか。

オープン前日、会場に着いた私は、急かされるように奥へと案内された。

「まずは遺影を見てください」

水俣展には、水俣病で亡くなった方々の遺影が展示される。遺影は年々、増えていく。円形のブースのなかに入ると、そこにはモノクロの顔、顔、顔……。水俣病で亡くなった死者たちがこちらを見ている。

緊張で息が詰まり、咳き込んだ。

「だいじょうぶですか？」

これが「水俣展」かと、驚いた。この展示は本気だ。

一通り展示の準備が終了すると、杉本さんの指示のもと「出魂儀」の準備が始められる。遺影の前にお花とお酒と供物《くもつ》が並べられた。

「こん人たちは、ここにいるんですよ」

杉本さんは私にそう言った。

「え？」

「もう来ています」

そう言ってぐるりとブースを見回す。

「こん人たちはここにいるんです。そう思わねば、写真はただの展示物です。生きているんだと思わねば、これは展示物で、ここに置いてあるだけのものになってしまう。だから、水俣展が始まる前にね、せめてスタッフの方たちだけでも、こん人たちが生きていると思って、そういう気持ちになってほしかったんです。お招きする側にそういう気持ちがなければ、来てくださるお客さんにも伝わりませんから」

杉本さんは姿勢を正し、おもむろに遺影に向かって語りかけた。

「どうも、みなさん、お久しぶりでございます」

その声は、真実だった。

そこに人々が「いる」と感じるしかなかった。いったい杉本さんの、あの声を聞いて、いまここに彼らが「いない」と誰が思えるだろう。死者はここにいる。まさにいまここにいる。自然で、力強い。いたわりと親愛に満ちた声。

その瞬間に四百人の遺影の表情がふわっと明るくなった。魂が入ったのだ。モノクロ写真の一人一人が個性を取り戻し、生き生きと立ち現われてきた。

「またみなさんとこうしてお会いできて、ほんとうにうれしいです。たくさんの人たちのご苦労のおかげで、水俣のこと、日本のみなさまに知ってもらえます。ありがたいことです。この貝塚の土地のみなさま、まことにありがとうございます」

回路を繋いだのだ。こちら側とあちら側に。一瞬のうちに。

これが祈りなのか？

杉本さんに続いて、スタッフが遺影の前に立って死者に語りかけた。初めてのことにとまどいつつも、それぞれの言葉で語っていく。みな緊張していた。私の番がきた。立ち上がり遺影の前に立つ。なにを話したらいいのだ、みんな私の知らない人たちだ。しかも、水俣病に苦しみながら亡くなった人たちだ。

「みなさま、縁あってこちらに呼んでいただきました」

そう言ってお辞儀をし顔を上げると、左端から右端へ写真が光っていくのが見えた。「私は作家です。みなさんの無念のお気持ちを、少しでも伝えることができたらと思っています」

口が勝手にそう言った。そんなことを望んでいるのだろうか私は。

死者は微笑んだように見えた。語り終えたとき、奥深い心の底から、きれいな水を汲み上げたような清々しさがあった。私のなかに、まだこんな泉があったのか。知らない自分がいる。それを死者たちが引きずり出してきた。

その夜は、杉本さんたちと同じ温泉旅館に泊まった。

夜、露天風呂に入っていったら偶然そこに杉本さんがいた。びっくりしたけれどうれしかった。きれいな月が暗い水面を照らしていた。杉本さんは美しい顔と漁師の体をもった逞《たくま》しい女神《にょしん》。いっしょにお湯に浸かりながら、聞きたいことがいっぱいあるのに、言葉が出ない。

「明日も晴れそうですね」

そんなどうでもいいことを話しかけると、杉本さんはうれしそうに頷いた。

「ありがたいことです。こうして貝塚で水俣のことを知ってもらえて、いろんな方と出会って、温泉にまで入れて。私はほんとうに水俣病になってよかった、病気は宝だと思っております」

信じられない。水俣病になって良かったなんて。でも杉本さんが無理をしてそう言っているとも思えなかった。

「ほんとうに、水俣病になって良かったと、そう思えるのですか？　なぜですか？　あんなに水俣病のために苦しんだではないですか、どうしてそんなことが言えるのですか、どうしてそんなに強くなれるんですか？」

強いまなざしに射ぬかれる。これは漁師の目だ。私の父と似ている。父も漁師だったからわかる、日に焼けて透明な眼球。

「たくさんのご縁をいただいたのも、いろんなことを知ることができたのも、経験できたのも、水俣病になったからです。そりゃあいじめられて差別されて悔しい思いもしました、死のうと思ったこともありました。でも父は私に言ったとですよ、人は変えられんから自分が変わっていこうばい、と。そのときはなんてことを言うんだろうと思ったけれど、でもやはり父の言うことは正しかったと思います。いじめられたから差別のつらさがわかる。教えられたとです。だから私がいまこうしておるのはみんな人様のおかげです。人が生き方を教えてくれるとですよ、人から学ぶとですよ。今ではどんな人も自分の味方と思っとります。みんな大事な味方。敵がいなくなりました。だから私は、水俣病はのさりと思うとるんです」

いくらそう言われても、私にはのさりがわからない。

「のさりって、どういうことなのか、私にはよくわかりません。でも、知りたいと思います。だからこれからもいろんなことを教えてくれませんか？」

この人のなかに入っていきたいと思った。

「田口さんは、なにが知りたいの？」

「私は、祈りや、魂のことを知りたいんです。そういうことに触れずに大人になってきてしまった。私が育った町では誰もそんなことを教えてくれなかったし、そういうことは古い迷信だと思われていたんです。山の神様や海の神様に感謝することもよくわかりません」

もやもやとした湯気の向こうで杉本さんが揺れている。影が笑った。

「それなら、いつでも水俣にいらっしゃい。田口さんがほしいものはなんでもあげましょう、好きなだけもっていけばいいです」

東京に祈る

二〇〇六年四月二十九日。

「水俣病　新たな五〇年のために」という大規模なイベントが日比谷公会堂で開催された。

「午前中に叢想《そうそう》行列があるので田口さんも参加しませんか。患者さんたちといっしょに歩きましょうよ」

と、またしても実川さんからお誘いを受ける。

叢想行列、なんだそれは？

「デモをするんですか？」

「いいえ、デモじゃありません。黙って粛々《しゅくしゅく》と歩くだけです。いいでしょ」

所定の時間に日比谷公会堂前に行くと、もう患者のみなさんが集まっていた。そのなかに杉本栄子さんの姿もあった。真っ先に挨拶に行く。これまでは顔を忘れられていて、その度に出会い直してきた。でも、今回は初めて私の顔を覚えていてくれた。

叢想行列に出発する前の挨拶で、実川さんは「これはデモではありません、どうか静かに歩いてください」と繰り返した。

「今年の五月一日で水俣病公式確認から五十年になります。今日は水俣病で亡くなったたくさんの患者さんたちといっしょに、水俣五十年の記憶をたどりつつ、環境省から旧チッソ本社ビル前まで歩きたいと思います。水俣病を考えるとき、もしかしたら病んでいるのは水俣ではなく、東京なのではないかという思いを強くします。いまだ病み続けている東京そのものを癒すような、そのような思いで歩きたいと思っています」

病んだ東京のいのちの復活を祈って歩きたい。実川さんはそう言った。

それから、患者さんたちを先頭に二百人近い参加者が、新緑の日比谷公園を抜けて、旧東京地裁跡、丸の内警察署と歩いて行った。ほんとうに静かな行進だった。みんな和気あいあいと歩いた。その様子を報道の人たちだけが物々しく撮影していた。

「ああ、ここで座り込みしたなあ」

「懐かしいなあ……、ここのお巡りさんがけっこういい人でね」

患者さんたちから、そんな声が漏れた。一九七一年から七三年まで一年八か月続いた「患者自主交渉派」によるチッソ本社前の座り込みは、テレビを通じて水俣病を全国に知らしめた。私もその映像をニュースで見た記憶がある。

子供心に「怨」の字の書かれた幟《のぼり》が怖かった。

まさかその人たちと自分が歩いているとは……。私が知りようもない五十年。でも今、新たな五十年に立ち会っている。それは確かだ。

一人の青年が自転車を押しながら近寄って来た。

「どうして、こんなに静かに歩いているんですか？　これじゃあなんのために歩いているのかわからないですよ」

　杉本さんに近寄って、さらに言った。

「これは、デモなんでしょう？」

　杉本さんは青年を見て言った。

「静かでいいんです。今日は亡くなった人たちと共に歩いているのですから、静かでいいんです」

「でも、これじゃあ何も伝わらない。もっと大きな声を出して叫ばないと。もっと主張しないと！」

　青年はなぜか怒っていた。叢想行列をデモと勘違いしているようだった。確かに、私も説明されるまでこの行進の意味を理解できなかった。行きずりの青年が誤解をしてもしょうがない。

　杉本さんは立ち止まった。そして言った。

「私たちは、もうじゅうぶん、主張してきました。今日は、亡くなられた方たちと祈るために歩いているんですよ」

　この年、参議院本会議は「水俣病公式確認50年に当たり、悲惨な公害を繰り返さないことを誓約する決議」を全会一致で可決した。水俣病に関する決議は衆参両院で初めてのことだ。決議では、水俣病を「公害の原点」と明記。政府に「すべての水俣病被害者の方々が、地域社会の理解の中で健やかで安心な暮らしを送れるよう、関係地方公共団体と協力しながら、水俣病対策を着実、かつ、総合的に実施すべきである」と求めた。

それは喜ばしいことだ。でも、正直なところ「あんなのは点数稼ぎのきれいごとだ」と思った。患者の認定問題は据《す》え置かれたままだ。水俣に関われば関わるほど、歴史を知れば知るほど、無責任な行政の態度に怒りを覚える。

でも……と、思う。

企業が悪い、政治家が悪い、役人が悪い、と怒る。そういうとき私はなにも信じていない。ただ加害者に怒りを感じているだけ。加害者をねじふせ、力ずくでも押さえ込んで謝罪させたい、それは私憤だろう。

人間を信じられなければなにも解決できない。信じるしかない。信じてしまうしかないんだ。人間を信じねば、どうやってなにを解決するのか？

同じ弱さをもつ人間として共に祈り償うことが、憎しみの鎖を断ち切る道。人間にはそれができる。人間だからそれができる。

いつでも水俣にいらっしゃい。ほしいものはなんでもあげましょう。
好きなだけもっていけばいいです。

第二章

水俣の祈り　杉本栄子

――天地に祈り生きた人

杉本栄子

一九三九年に水俣市茂道の網元の一人娘として生まれる。六九年水俣病第一次訴訟団原告に加わる。七〇年頃から自らも発症。七四年頃から水俣病患者として認定。九五年に水俣市立水俣資料館の語り部となる。二〇〇八年没。

初めて杉本栄子さんにお会いしたのは、二〇〇四年に水俣の埋め立て地において奉納された石牟礼道子さんの新作能『不知火』の夜だった。終演後に、恋路島に向かって三艘の精霊船が流された。波間に消えてゆく灯籠の明りに、水俣奉納公演の副代表であり、自らも水俣病である杉本さんはじっと手を合わせ祈っていた。

この方が、あの杉本栄子さんか、と離れて見ていた。緒方正人さんと並び、水俣病をめぐるさまざまな場面において、精神的なリーダーとして働いてきた人だ。黒い着物を着ていた。暗い海に向き合う後ろ姿には鬼気迫るものがあった。長く真剣な祈りだった。何も語ることはなくただ、合掌していた。覚悟が違う、と思った。人間としての覚悟が違う。この人と目を合わすことが怖くなった。

私は身勝手な想像をしていた。水俣病を病む人たちを、心のどこかで〈弱者〉と見て哀れんでいた。間違っていた。杉本栄子という存在は〈強靭〉だった。がっしりとした体軀《たいく》からは生命力がほとばしっていた。俊敏で野性的な目だった。近寄る者を見透かし射ぬく目だ。

杉本さんは、九州でもめずらしい女網元だ。網元の父に子供の頃から漁や海のしきたりを教わった。父親に代わって小学校の頃から網子の漁師たちを束ねて漁に出ていた。漁師たちからも一目置かれ、海に育ち海に生きた海の女だ。

杉本さんには風の色が見える。風を読み天候を知り、潮の味で魚が来るかどうかを知る。魚の顔を見ればどこの魚かわかるほど魚と心が通った。しかし、水俣病を発症し、入退院を繰り返しながら十年も寝たきりで過ごした。体調は不安定で頭痛や麻痺に悩まされ続けた。子供の世話も出来ず、漁も出来ない。絶望の果て、死ぬつもりで海に出た時に魚の大群が来る。その時、杉本さんは「海に助けられた」と感じた。

辛くとも、這うように漁に出た。水俣病を、彼女は海で治したと言う。漁に出て具合が悪くなると海に入り、波間に浮かび身をまかせる。すると、不思議なことに痙攣《けいれん》が遠のいていった。

杉本さんが水俣病によって受けてきた病苦、差別は、はかりようもない。その杉本さんが「水俣病はのさりです」と言う。水俣病の体験によって今の自分が在る、だからこうして田口さんとも出会えましたね、と杉本さんは笑う。

人間の霊性は、絶望的に見える現実を書き換え、現世の価値を転じる力を持つ。その杉本さんの魂のことばを、伝えたい。

聞き語り

［語り手］杉本栄子
［聞き手］田口ランディ

田口　今日の「水俣病公式確認五〇年」のイベントで、日比谷公園からみんなで歩きましたよね。杉本さんは塩を焚いてきて下さったでしょう。あの塩は、どういう思いで作られたのですか。

杉本　「東京で叢想行列をします」と、緒方さんと実川さんからお話があって参加させてもらいました。お塩は清め。清めっていうのは、エネルギー。気力がないとき、家の周りにも塩をあげるし、「魂《たまい》入れ」のときは、塩と酒を使います。そうか、今回は「魂入れ式」だから塩を焚くんだな、いいところに気づかれたなと思いました。

　お塩はもう海水を焚いて用意されていたんですよ。だから私は清めの酒をあげさせていただきました。私たちは病気があるから、いつも具合が良くないでしょう。ふいに痙攣がきたりすればとても不安なんです。それで、自分を清めます。自分がいることを周りの海、山に知らせる、それを「清め式」とも「魂入れ式」ともいうんですが、何事でもそのようにして出発にすれば不安がなくなるんですね。

田口　毎朝、お清めをするんですか。

杉本　毎朝します。あのね、病気の私がここまでやれるようになったのはなぜと、その理由をずっと考えてきたんです。たくさんのいじめがあったり、いろいろ苦しい思いをするなかで、私は〈自分探し〉を、してきたと思うんですね。

田口　自分探し。それはどうことでしょうか?

杉本　自分がなぜいじめにあうのか、杉本栄子とは何なのか、それをずっと考えながら「もうだめじゃなかろうか」「もうだめじゃ」って何度も自分を見失いそうになりました。でも、どうしても、いじめ返しができなかった。やり返すことができなかった。だからこそ、この私は何者なんだろうって、自分探しに熱中したんですね。それは長ーい時間かかりました。

　でも、そういう自分探しのなかで見つけたんです。苦しいのは自分だけじゃないんだ、病気にかかった人、亡くなった人、ましてや私の住む茂道《もどう》では一番に三百年の大松が枯れたのですが、たくさんの植物が枯れ、海が病み、魚が死に、人が死に、そういうことをずっとたどっていったとき、やっぱり父が教えてくれた祈りばしようって、それで祈りが始まったんですね。

　亡くなったのは父だけじゃないんです。海の魚たちが一番先に死んだのに、それに気づかんかった。それをずっと広げてみたら植物も死んだって気づいた。それが「火のまつり」（毎年九月に水俣で行われる慰霊祭）の時の祈りの言葉になったんですよ。

　人間だけではなく、目に見えん小さなものから、大きなものまで、祈らせてもらいました。

　いつもいつも、他人さま以上に祈らんば、チッソという水俣の偉い殿様に対して、私たち小さいものの言葉は届かない、そういう悔しさがありました。だから私は自分探しから、やるしかなかったんです。自分のなかに答えば探すしかなかったんです。

「他人さまは変えられないんだ」という父の言葉。「いじめる人は変えられないから、自分たちが変わっていくばい」って言った父の言葉が、ほんとうだとわかったんです。そりゃ、水俣病を「のさり」ていう言葉にするまでは、本当にもう何度も何度も死のうと思いましたけれども。

父もきっといろいろ考えて考えて、私が生きて残るときに、命を粗末にしないように、一人でも生き残れるように考えて、ああいう厳しいことを言ったんだと思います。父は六十四歳で死んだですが、私は六十七になって初めて父の言葉を深く知ることがあります。

田口　他人を変えることはできないから、自分が変わるということの意味を、杉本さんは考え続けていらしたんですね。自分をいじめている相手のために、なぜ自分が変わらなければならないんだ、と、子供なら思います。

杉本　子供の頃は、その意味が深くわからなくても、父の言葉を信じてきました。そういう自分にもいま気づくんですよ。なぜ父の言葉だけを、信じたんだろうか……。

思えば、私たちを信じてくれる者は誰もいなかったし、時代も人も私たち家族を捨てていくなかで、父の言葉を信じたからこそ、いい夫に恵まれ、たくさんの子供に恵まれ、地獄の如《ご》たる苦しさがあったけれども、生きることの根本を、じっくり見つめられたと思うんです。ジタバタしようにも、からだも動かんスローの生活だったから、慌てられんかったですしね。

田口　そうですよね、ずいぶんと寝たきりの生活を過ごされましたから、慌てようと思っても……。

杉本　思ってもできん（笑）。着替えられんし、寝れば寝たままです。そのなかで、これは何だろうな、どういうことだろうなって、ずっと考えていたんです。

大漁はきつかった

杉本　父が亡くなるときです。五人の孫を授かったことに対して、私の夫に「雄《ゆう》、ありがとう」って言ってくれたんです。「銭の倉より子は宝ちゅうけど、本当にそうしてくれたな、ありがとう」って。

「みんな笑わんば。大漁旗立てて、万歳万歳いうて、汽車ポッポして歩きたい」ってそう言いながら死んだんですよ。父は、熱い言葉だけ残して亡くなりました。見舞いに来た一人ひとりに御礼ば言いながら、私に「もうお客さんら全部戻らったで、今日の大漁はきつかったね」って言って。

田口　きつかった……と？

杉本　いっつも大漁のときは、きつかったと言うんです。お金をとることと同じくらいきつかったと。「とりやんめ、死んやんめ」って、お金をとる、授かることは死ぬぐらいきついことだと、子供らに言い聞かせよった。

　自分が死ぬときになっても、今日はあんまり獲れすぎたねって。大漁できつかったねって。そう言っていたんですよ。そのうちに、かあちゃんの名前を呼んで「トシ、ここにきてみんか」。

いつもかあちゃんには頼らんかったけれど、最期に「トシ、こっちきてみれ」と言って、母の手をぎゅーっと握るようにして、そのまま目を落としました。

田口　お父さんの人生は、大漁だったんですね。水俣病で奥さまを亡くし、親戚から村八分にされても、大漁旗を上げて万歳を叫びたいような人生だったと……。

杉本　はい。それを私に遺言として残した。チッソと裁判する前のことです。もうほんとに村では親戚からも捨てられていた時代。実にきつかったです。（水俣病がなぜ起きたか）本当のことを知りたいと父が裁判を起こして、裁判が始まる前の昭和四十四年の七月二十九日に死んだんです。だから、父が死んで第二のいじめが始まったときは、どうしようもなかったです。

田口　第二のいじめというのはどういうものだったんですか。

杉本　第二のいじめは、五十何世帯が裁判に向けて盛り上がったときです。茂道でも十世帯くらい盛り上がってたんですが、会合のたびに人が減っていく。なんでかというと、噂が広まったんです。裁判すれば十年も二十年もかかると。本当のことがわかるときは財産もなくなると。死んでからしか本当のことはわからんのが裁判だって、いわれていました。

田口　デマが、人の口から広まったんですね。

杉本　そう。裁判をしなければ三十何万円をすぐに出すと言われて。そんななかで、仲間が大勢、裁判を下りていったんです。もう待てないって。

田口　みんなお金もないし、時間が長くかかるから。

杉本　うん。でも最終的に二十九世帯が残った。田口さん、三十何万てお金は、仕事もできず、医者にかかっている人にとっては、大金も大金だったとです。裁判を下りるよう言いにきたのは、背広を着てネクタイしてるような人、チッソの人ってわかるでしょう。入れ代わり立ち代わり来たんだから。訴訟から下りろ下りろって。このお金をやる。お金もお米も外にもってきたんですよ。毎日ですよ。

田口　お米も……。

杉本　私は丁重に断わったですよ。お金はいりません、お米もいりません。だから本当のこと教えてくださいって言って、何人きても、丁重に断わったんです。そうしたら、その人たちがぱったりこなくなったんですよ。何かあるなって思っていたら、今度は、主人の兄弟、私の親友を使って、入れ代わり立ち代わり裁判を下りろって……。

田口　身近な人を使って説得をしようとしてきたのですね。

杉本　そう、お金をもってきて。こげんお金ばくれるんだから長いものには巻かれろって。私の親友とかも巻きこんで……。こんな、人としてやってはならないことまで踏み切ったチッソが許せなかったです。こげんまでしても、私らをお金で買おうとしているのか、という悔しさがあって、「いや、いらん」と突っぱねた。そしたら、もう兄弟でも親戚でも親友でもないって言われて……。

田口　身内からも縁を切られたんですね。

杉本　そうです。だからもう本当に人という人は、私たちを徹底的に捨てていきましたね。そりゃあもう、ほんとうに……みんなが捨てました。そんな中で父も死んで、三年ぐらい泣いたんですよ。裁判の終わるまで泣き通しだった。その前までも、いじめの言葉をいろいろ受けたけれど、お金で買われた人間が出てきたとき、もっともっと言葉の汚さを見ました。

田口　それは、どういうことですか？

杉本　（網元だったので）お金にはあまり不自由したことはなかったもんで、三十何万くれると言われても、私は買われん。情報を取ろうとしても何も取れん。人によっては三十何万を見て驚くかもしれんけど、私はこのくらいのお金なんかで引き下がるものかって思っていたんです。でも言葉ちゅう言葉が汚くて。

田口　杉本さんを説得しようとするその言葉がですか。

杉本　聞かないようにしていましたが、人もここまで変わるものかって。「まさかあんたらチッソをつぶそう思うとるのか！」「あんたたちの蟻《あり》の如《ご》たる力で、何ができるとや！」そういう言葉です。主人の妹が裁判するなって言いにきたときはもうびっくりしました。水俣の闘いというのは、親子だったり……。

田口　相手が親や兄弟の、闘いなんですね。

杉本　なんでお金持ちは、チッソは、ここまで弱い者たちをいじめるのか、そんなふうに見え出したんですね。みなさん、そうじゃないんです、これはチッソを倒すというのではなく、本当のことを知るための裁判なんですって、いくら言ってもわかってもらえなかった。「裁判に下りんなら、あんちゃん、もう兄弟と思わんでくれい」って。

父がまだ生きているときですよ。夫が「妹は変わった」と言ったら、父は「あれはNさんの言葉だねって」言いました。来た人たち一人一人がどう言ったかじゃなくて、この人には誰がついていて、こういうことを言わされているのか、それを見抜く人になれと言いました。来た人に怒るようじゃ一人前じゃなかぞって。その人の言葉を最後まで聞いて、隅々まで見抜く人になれと、父は言ったんです。

田口　すごいお父さんですね。

杉本　もうほんっとに深く深く考えとったんだなと。だからもう、一人一人の言葉を覚えるよりも、この世の中で、この人を使ったのは誰かという親分探しをしましたよ。誰々がリーダーでうちにきたけども、この人の言葉はこれなのか。あ、これはあん人が言わせたのか、それを考えて相関図をとりました。

　父は、いじめる人は変えられないって言いました。いや、みんな鬼だって私が言うと、それはいま、時化《しけ》だからだって。時化というのは、台風であったり、突風がきたりすることです。でもね、時化が来ても、海は三日内には凪《なぎ》になりますよ。ところがどうですか、水俣病は五十年もまだ時化じゃないですかねえ。

　そういうことを考えて、考えて、ほんとに自分探しをしてきました。

一人一人が人として気づく

杉本　よく考えんみれば、うちの母は村で最初に水俣病になったんじゃないですよ。一番に病院に行っただけなんです。それをＮＨＫが誤報道をしたから、私たち家族は伝染病だと思われていじめられたんです。

　本当に父が悔しがったのは、親戚の子たちからこの村を出ていけと言われたこと。その時は、死んでも死にきれんと言っていました。一番頼りにしとった親戚です。あの時代は弔い、お葬式、生まれたばかりの赤ちゃんが死んだとしても、親戚中が仕事を休んで、お墓掘り、ご飯炊き、そして花つくりもみんなでやったんだから。そげんお葬式ちゅうたら丁重にして、それがあたりまえの村なんです。

田口　助け合って暮していた村なんですね。

杉本　そうです。絆がそこまで強いんです。子供たちは、墓石が土に埋まらないように、浜からちびっちゃか石ばもってきて、墓の周りに敷いたんですよ。だから、この病気が流行ってきたとき、人さまより早く死ぬとわかればどうするか、そこまで父は考えていた。人さまより早よ死ぬとやって、いじめ返しはせずに、ほっとして死のうわいって。

　父の言葉を信じて、ここまでくるにあたっては、「生かされた」っていうことを自分で見つけん限りは、とても語り部として話はできなかった……。

田口　お父さんは、ほんとうに事あるごとに「人を恨むな」と杉本さんに教えてこられたのですね。それを信じて堪えているうちに「生かされた」という思いが生まれてきたのでしょうか？

杉本　はい。生かされたんだと。父が始めた裁判が終わった日に、村の人たちがうちに謝りに来られたんです。いじめた本人ではなくて、その親戚の人たちがです。私らは裁判が終わったばかりで身体の具合が悪いし、勝ったか負けたかもまだわからんときに、なんちゅうかな、謝りにこられても……って。そうしたら、栄子ちゃんごめんて。母をなじった人は、死んでいったって、知りました。

田口　いじめた側も、水俣病で亡くなっていたんですね。

杉本　そうです。でも（本人に）会いたいじゃないですか。なぜあんたは私を、いじめたんやって。なんでうちの母ちゃんに、ひどい仕打ちをしたんだと。でも、その時はもうみんな死んでた。村には空き家がいっぱいです。そういうような、五十年だったですよね。でもまだ新たに何千人という（認定を申請する）人が出たということなんです。まだ、終わってないんだということを、なぜだろうって、考えるんです。

　国も行政も、なぜ真実を私たちに聞かせないんだろう。お金では解決しませんよ。お金で解決となればまた再び同じようなことが起きっとですよ。真実が聞かされない限りは、私たちは語り続けるちゅう意欲があっとです。

田口　真実というのは？

杉本　チッソ（が原因）と気づいたとき、廃液を流させないようにしようという会議があった。それを止めたのは水俣の市役所だった。国に対して、市は、県は、なぜ立ち向かっていかなかったのか。漁獲禁止を県が決めるはずでした。ところがそれをしてはいけないように国が仕向けてる。あのときに県は、打たれても叩かれても、漁獲禁止をすればよかった。

私たちがいま語り部として言っているのは、海が病み、魚が死に、人が死んだのも、チッソの排水が原因だってわかったとき、人ちゅう人は、獲るな、食べるな、売るなということを、一言も言ってないんです。この三つの言葉を言う人がいなかったから、水俣病が広がったんですよね。なんというか、人は強い人についたんだな、ということがわかるじゃないですか。

田口　強い人に。言葉の強い人、権力のある人に行政もマスコミもついてしまったんですね。

杉本　そうです。だって、違う報道はさせないんですから。だから言わずにはおれんのです。みんな気づきなっせって。私たちはあなたたちに、自分の苦しさをわかってくれとは言わない。私たちの話を聞いて、一人一人が人として気づかない限りは、差別もいじめもなくなりません。それでいいんでしょうか。

どうぞ自分探しをやってみてください。私たちは、水俣で生まれたという誇りをもって語っているんです。水俣病が杉本栄子を強くしたんだ。だから、もし部落で生まれた人は、ここで生まれて幸せだと、まず自分を見つけてください。闘いや争いが始まれば、日本中から闘い方や、争い方を教えてくれる人がきます。

田口　日本中から一緒に闘おうと言ってくれる人がやって来るんですね？

杉本　きましたよ。私たちはそん人たちと一緒に水俣で闘いや争いをして、チッソに殴り込みにいきました。でも、チッソのなかにいた人は、隣の人だったり、親戚だったり、友人だったんです。そのことに気づいたとき、これでいいのかと、こんな闘いでいいのかと、家族でとことん話し合いをしました。考えました。そして、誰よりも早く元の生活に戻りました。それがいまの生活です。人は憎んでいません。

田口　敵だった人も、誰も憎んでいないと？

杉本　いまは憎んでいません。憎しみという言葉を吐いたとき、また争いは、起きます。

甘えとは感謝

田口　杉本さんの講演会には、いじめで悩む先生や子供たちもたくさん聞きに来られるそうですが、どんなお話をされるんですか？

杉本　はい。いじめられる子だけがかわいそうじゃないかもしれない。いじめている子が、親から、もっと強い人から、いじめを受けているんじゃないか、そういうことに気づいてください、とお話しします。

　自分の前で子供たちの喧嘩が始まったとき、強かったねえって、強い子を抱きしめてあげてください。強かったねえ、ほっとしたかい、今日でやめようか？　と、優しい言葉をかけてあげてください。一緒に泣いてください。それだけでいいですって。先生方はお忙しいでしょうけれど、時間がないっていう言葉を無駄に使わないでほしい。抱きしめるなら、二分ぐらいでできるでしょうって。つらかったねって、その子が泣き止むまで一緒にいてあげてください。途中で泣き止ませず、泣かせてください。甘えたいんですよ、世の中の人は。ねえ。そこば気付かんとですよ、世の中。私は言い過ぎかもしれない。でも、大人も子供も甘える人がいない世の中なのかなあと思う。

田口　大人もですか。

杉本　うん、たぶん大人もです。

田口　どうしてそう思われるんですか？

杉本　それなら、なぜこんなに離婚がはやるの。甘えられない夫、甘えきらない女性、（夫を）立てきれない女性、そういう人が増えているからじゃないでしょうか。男と女がいて子供ができるならば、やっぱり女は甘える女性であってよかじゃなかですか。ありがとうねって素直に言える女性が増えん限りは、いい子供たちは生まれんと思うよ。

田口　甘えるって、どういうことなんでしょうか。

杉本　感謝よ。感謝の心をもたねば甘えきらんもん。あのね、自分の婿どんであれば、いくら心で「こんバカが」って思っていても、その人のおかげで子を授かったわけだよね。子供の前で、こんバカがって言うていいの？　そういう態度をしていいの？　子供の手前「お父さんのおかげだよね」という奥さんがいればいいんじゃない？　そのようにほめ讃えてくれる女性がいるならば、男はいくらでも犠牲になって働いてくれるとじゃなか？　痩せ衰えてもさ（笑）。私はそうだと思う。

田口　女性の側も相手に感謝をして男性を立てないので、離婚が増えると。耳が痛いです。私もそうかも。男を立てるなんて古くさいことだと思っています。

杉本　とことん自分探しをしてないからよ。一人で生きるって思うとるでしょう？　お金もこんぐらい持っとるし、男にゃ負けないぞ、という、なんか、頑張って、突っ張ってるんじゃない？　突っ張らなくてもいいのに。

田口　なんで突っ張っちゃうのかなあ。

杉本　教育でしょう、教育が「ずべし」になって、自分という者を認めてくれない教育だったからでしょうよ。

田口　「ずべし」って、どういうことですか？

杉本　ドングリの背比べみたいなこと。

田口　横並びで、出る杭は打たれるみたいなことですね。個性を大事にと口では言っても、学校では「そのままでいい」とは言われなかったです。

杉本　地方では優秀な人がね、東京にきて、標準語ば使えないからってことで、あんたはバカじゃちゅうて、東京人はその人の学力は知らずに、ただ見ただけで、ノイローゼにして帰した。それが（今の）教育でしょうよ。

田口　確かに、東京で認めてもらいたくて突っ張ってきた。自分が自分を見下げているし、自分と一緒にいる相手のことも見下げているんですね、きっと。

三つの罪

田口　杉本さんは、水俣病事件における三つの罪についてお話しされていますが、三つの罪とはどういうことでしょうか？

杉本　一つは、知らないということ。何にも知らないということは自分に対して、家族に対して罪なんです。

田口　「知らなかった」ではなく、知る努力をしなければいけないということですね。何が起きたのか、なぜ起きたのか、何が原因なのかを、探求していくということですね。

杉本　二つ目は、知ったかぶること。肩書だけで、水俣病のこと、海のこと、魚のことを言えば、すぐわかるじゃないですか。あっらー、あそこの学者は、ウソばベラベラ言うとねって、わかりますよ、すぐ。じゃれば、知ったかぶりは罪ですよ、人まで殺しますよ。ウソを言う人はもっと罪でしょう。

田口　無知、知ったかぶり、嘘、それが三つの罪……。

杉本　学者がなんと言うたと思いますか？　漁師が死んだ魚を食べたから水俣病になったたって、堂々と。それが日本中に散らばったじゃないですか。死んで浮いてる魚を、絶対、漁師は食べません。生まれたときから新鮮な魚を食べとって、口に入れればわかりますよ。それを、死んだ魚を食べたから水俣病になった、なんて言われる話ですか。

　まだまだ肩書だけで知ったかぶりのわかる言葉がいっぱいあるけん。だからいつも言いますよ。

県庁に行ってもどこにいっても、どんなに偉くなっても、知らないことは知らんと言う人になってくださいって。大学までいっとって、知らんと言うのはつらかろうなとわかっています。でも嘘を言わせてはならんて私は思う。

田口　それは水俣病事件の経緯を知ると痛感します。

杉本　先生になっても知ったかぶりはするなっち。それを言えるようになったのは、ある高校に言って話をしてからです。八百人の高校生がいるという学校に講演に行きました。講演の前に教頭先生が「うちの学校は荒れていてどうしようもない」って言うわけです。「二十分で生徒が騒ぎだせば戻ってきて下さい」ってそう私に言われたんですよ。体育館に行ってみると、私のここん下（足下）から生徒は並びましたよ。私は上におって、生徒はこうやって（立ったまま）聴きよったですよ。

　夢中で話し始めて、あれ、すいぶんしゃべったと思って時計を見てみたら、四十五分ぐらいすぎとったかな、ごめんなさい、皆さん、もう四十五分たっていました。そしたら、バタッと倒れた生徒がいた。先生たちが抱えて連れて行こうとしたけど、その子は会場を出なかったです。だったら最後までと、おしまいまで話しました。静かでした。だあれも、うんともすんとも言わない。泣く声は聞こえたよ。泣く声はあったけども、だあれも、倒れても、出て行かなかったよ。

　終わって体育館を出たら教頭先生がなんて言ったか。「杉本さん、うちの生徒たちも捨てたもんじゃないですね」。なんば言うか。そのとき言いましたよ「教頭先生、喧嘩が起きたときは走っていって、強い子を抱きしめてください。強かったねって言ってください。泣く子と一緒に泣いてください」そしたら「そんな時間がない」って言いなさった。

その後、私を呼んでくれた校長先生が、私の手をぎゅーっと握って駅まで送ってくれました。生徒たちは掃除の時間にずっと正門に並んで拍手、頭を下げてくれましたよ。校長先生が帰りがけになんて言われたかっち思うたら「杉本さんの話を聞いて、私は退職します」と。

田口　退職?

杉本　なんでも教頭先生は、田舎校長が来たから生徒が荒れ出したんだって言うたそうなんです。校長先生は水俣出身の人で、私の話を何回か聞いとって、やめる前に「杉本さんの話を生徒に宝物としてとっときたい」と呼んでくれた。だから「これで安心してやめられますって」。私はどうかやめないでくださいとお願いしました。一年して電話があって「結局は最後まで勤めさせていただきました、本当にありがとうございました」って。

田口　よかったです。

杉本　世の中には、自分より偉い者はいないと思っている人がいますね。いろんな学校でお話をさせてもらいましたが、送り迎えしてくださる校長、来ていただきましてありがとうございましたって、出迎えてくれる校長がいます。出てもこない人もいます。いい人だけどここはリーダーを変えたほうがよかっちゅう学校もあります。そういう時は、先生たちに頑張んなっせ皆さん、て言うてきます。見えるんですもん、学校にいけば。

そのようなことでいっぱい体験をさせていただくなかで、もう語り部をやめたいなって思う時もあるんですよ、そういう時は家に帰ってからとうちゃんと「今日はこげん質問きたばってん、こげん言ったばってん、よかろうかって」と相談します。とうちゃんも語り部をしていますから「こげんした質問な、こげんいうてきたばってん、よかろうかって」二人で反省会をします。講演の日に漁があっても、他に頼むよりは「今日は、あんたが行ってくれ」と、お互いに代わりにいくとかして、やりくりしてお話に行かせてもらいます。だから、子供たちからいろいろな作文がいっぱい送られてきます。

田口　それはうれしいですね。

杉本　（都会から）水俣に修学旅行にいって、お父さんとお母さんが離婚したから、お母さんについたけれども、本当はお父さんが好きだったと。でもお母さんについたと。お母さんから、お父さんの愚痴ばっかり聞かされるから、死にたいと。水俣に行って帰ったら、自殺しようかなと思ったたって。でも、お父さん、お母さんに、命ありがとうって言わんばとばい、生かされることを本当に感謝しながら生きていこうよって、最後に言われたとき、私の悩みはちっぽけだったたって。もう死にませんていう作文がきたり……。

田口　そうですか、よかったです。

杉本　都会の人になんがわかるかと思っていましたが、私も、先生も、生徒も、この時代ば、背負って生きていかんばと思うじゃないですか。

田口　先生も、生徒も、杉本さんも同じ時代を生きているんですものね。そう考えれば仲間ですね。

杉本　はい。時代を背負っているんです。なれば、三人が納得する時代ばつくらんばならんと。

田口　杉本さんと、生徒と、先生が納得する時代……。そんなふうな気持ちで、いつも学校でお話をされているんですか?

杉本　そうそう。みんなで背負っていると気付いてもらう。気付いてもらう語り部にならんばいかんとだねって。だから押しつけはしません。

田口　人は変えられんもんね。

杉本　変えられん。ほんと、そうです。だから感謝ちゅうとを忘れないようにしなければ、自分も考えますね。三人いるとですよって。悩む先生と私と生徒がいるとですよ。それが水俣の語り部だって、私は思ってるっち。

田口　悩む人と一緒にいる。それが水俣の語り部。どうしてそこまで思えるのですか。体験を伝えるだけでも十分ではないのですか?

杉本　使命よ。それが水俣の語り部の杉本栄子、杉本雄じゃなかろうかと。わたしらの講演に原稿はいらん、聞きにきとる人たちの心ば読み取ってしまわんば、私たちは話さんもん。原稿いらないちゅうのは、そげんこと。体験したことば、ばーっと話すだけじゃないの。体験のなかからどう生きてきたかでしょう。

田口　水俣病の体験を通して、どう生きてきたかを伝えていくのが語り部。

杉本　だから原稿がいらない。相手を見抜く人になるということです。

田口　お父さんの言ったとおりのことですね。

杉本　人を憎んでいないから私の守護神は原稿がいらないように私から出てくるんです。だから、私はお願いします。私がウソ言うたら教えてくださいって。気付かないところは教えてくださいって。人を好きにならねばね。人を信じない世の中になっとるちゅうところがおかしか。人を信じるなという教育がおかしい。

守護神

田口　杉本さんが私に教えてくれた「のさり」という言葉があるでしょう。「のさり」についてもう一度教えてください。

杉本　どう言ったらいいかなあ。感謝よ。感謝していればわかります。ですから、どうか仏さんに祈ってください。ね、右手がお母さんだよ。左手がお父さんだよ。合掌をしたときに、自分の心が落ち着く。信仰でもないでしょう。自分を落ち着かせるためには、祈りよ。喧嘩をしていい気になるよりも、負けたけども強い人間になりたいちゅう心をもつ人になるためには、他人以上に合掌せんばね。

田口　はい。

杉本　じいちゃんに抱っこされた、ばあちゃんにおんぶされた、言葉を教えられたという子がね、目の前で、お父さんありがとう、お母さんありがとうっていう親の姿を見て育ったなら、子供たちも、その子供たちも、じいちゃんありがとう、ご苦労さまでしたっていう子が出てくるんじゃなかろうか。そういうことは、なんも難しいことではないでしょう。人間の死に方を目の前に見せれば、ああそうか、こげんして死ぬるんだなって思うでしょう。

今度生まれ変わったときはどうしますかってことを、子供には、絶対言うなって主人は言うてます。いまが苦しいから早く死んで生まれ変わろうとする人間が出てくるってことは、大人の言葉使いが間違っているんだと、主人は言い切りました。いま生きていることを一生懸命生きらんば、生まれ変わらないんだよ、と教えなきゃいかんのです。父もそう言っていましたよ。だから「死に神がきてもいっぱい赤字持っとで、あんた、いまごろ連れにきたっち俺は死なれんばい」って言っていました。早くあの世へ連れて行ってくれ、そういう時はまだ死ぬ時ではないんです。神様は「もうよかばい、満足たい」っていったとき、連れて行かれるんじゃないでしょうか。私もそんなふうに、ほっとして死にたい。慌てたくない。今年はそん言葉を見つけたし、しんからそげん思います。

田口　苦しいから死にたい、自殺したいと思う時は、まだ死ぬ時ではないと。しっかりとこの人生を生き抜かなければまた生まれ変わることもない、そういうことを子供たちに教えろと。生き切って「もうよかばい、満足たい」と、言うときが死ぬときだと、そう思っていらっしゃるんですね。

杉本　このあいだ、お医者さんや看護師さんに講演に行って来たんです。患者さん方はね、もうどうしようもなく辛い時に診察に来られるんだから、昨日はどうだった、今日はどうだったって、あれこれ急かして聞かないでくれって言ったですよ。そのかわり聴診器する前に「もう病院に着きましたから、安心してください」と言ってください。「私ですよ」と言って手ば握ってください。それが「手当て」ちゅうことでしょう。聴診器が手当てじゃなかですよ。耳鳴りがして言葉も出ないときに、患者にしゃべらすちゅうとがおかしか。そういう時は私、逃げ出すもん。逃げ出したもん、何回か。だから、お医者さんには、こう言いました。まず、朝から自分でご飯を炊いて食べる先生方になってください。既製品を食べない先生になってください。先生たちがまず体づくりをしてくださいって。自分づくりをせずにおって、病人を知らずに病名だけつけていく先生方、それってなんやと思うでしょう。

田口　自分づくり……、難しいです。自分に置き換えて考えると、自分づくりをしていないなあと。どうしたらいいんだろうかと。

杉本　なんといえばいいかなあ、あんたちゅうとば信じたのは、一緒に風呂入って、私の言葉を聞いて、茂道にきてくれて、ちょっとの言葉でん、ピンてこらす人ですね。物書きでも、そげんした人ばっかりはおらんでしょう。ばってん、ごめんね、田口ランディさんの本ばいつも買うお金、私にはなかですよ（笑）。

田口さんから、私はこんなです、というものを見せられた。それが基本でしょう。私に、何歳ですかちゅう前に、自分を全部さらけだしてから相手に聞き出すならいいけれども、新聞記者でもなんでも、何歳ですか、から聞くとです。それがあたり前ぐらい思っているけれど、失礼でしょうが。あなたは誰や、何歳やって思う。まず礼儀を知らない人が多いじゃないですか。ＮＨＫがなんや、でしょう。あんたどもには関係なか、私は忙しか。人の生活にずかずか入ってくるマスコミ、これがまず、心ができてないでしょう。
マスコミだけじゃありません。ここらあたりの病院でも同じことですよ、お医者さんが患者さんの体を診る前に、看護婦さんたちをどう育てているか、そういうことです。痙攣が起きて病院に行くでしょう。そういうとき待ってる時間が不安だから「杉本さん、具合が悪いなら寝て待ちますか、テレビ見て待ちますか、お楽にどうぞ」と言ってくれる看護婦さんがいると、うれしいじゃないですか。医者どんにかかるまでは横にもなるなっていう病院が、ありすぎるではないですか。私たちはそれを体験したからわかるんです。自分が体験したから語ることができるんです。だからね、水俣病が私の守護神だというふうになってから、実にいい知恵をくれますね。

田口　水俣病が杉本さんの守護神なのですか？　その水俣病が智慧をくれると？

杉本　私のなかの水俣病が教えてくれます。

田口　杉本さんのなかに水俣病がいるんですか。

杉本　います。だって私が水俣病だから取材しとるでしょう。私が普通人じゃったらランディさんに会《お》うとらん（笑）。基本は何かでしょう。考えてみて。

田口　そうかもしれないけれど、確かに、水俣病のことを聞くためにこうしてお会いしているわけだけれど……。

杉本　これはな、東京にきて立教大学での講演で初めて言いました。講演の最後をなんで締めようかなって。あ、私は水俣病だからここで呼ばれたんだ。水俣病だからみんなが聞いてくださったんだ。普通人であれば、聞きならんかったと。それで、最後に「私のなかの水俣病を、私は今日から守護神とします」って言ったんです。

その時に、考えたですよ。報道陣がいっぱい来ているから私が帰り着くよりも早うテレビに出るだろうと。駅に着いたら「なんでこげん苦しか水俣病が守護神か！」って怒って言う人と喧嘩ができるだろうと。喧嘩ばしたくて、うずうずするばってん、水俣では喧嘩する如《ご》た人は、出て来なかったんですよ。いまだに誰も突っ込んでこないです。いっぱい文字にもなってるけれど、誰もなんも言ってこない。じゃればよ、いかに水俣の人が、私が苦しみもがいてることを、素直に見ていたかということでしょう。あの人はほんのこつ、もがきなさった、苦しみなさった、そんなふうに人は見とってくれたんだろうね……。

水俣病も守護神となってうれしかったのかな、それから痙攣が遠のいて、いい風が出たもん。

田口　いい風が。

杉本　はい。私だけじゃなか、水俣病患者の代表として語ってると思っています。いろいろな苦しみがあったけれども、ここにしか死に場所はないんだって思っています。みんな死んでいったからね。田上義春《たのうえよしはる》さん（水俣病互助会会長、元水俣病補償東京交渉団長）が言いましたよ。絶対に犬死にはするなと。

田口　犬死に？

杉本　強い者から叩かれて、お金でやられて、そのまま黙って死ぬなと。言いたいことは言って死ねと。それが犬死にするなっちことでしょう。頭のよかでん悪かでんちゅうても、黙って死ぬなと。言いたいことは言っとけと。死ぬときは死なんばね、というのがリーダーであった義春さんの言葉です。そのようなことを先輩たちが教えてくれましたから、私もこんまま犬死にしたくないって。だから語り部になったんです。私のとうちゃんが「あんた、いっぱい異常体験しとるからしゃべれって（笑）」。昔は人前にいけば人酔いして帰ってくるぐらいだったですけど。二十人ぐらいの人がいたらもう緊張してなんもしゃべれんかった。

田口　そうなんですね。異常体験というのは……、だんなさんのユーモア感覚がすごいなと思いますが。それで語り部になられたんですね。

杉本　こないだ県立高生が千三百人でやってきたんですよ。それで、夫と二人でしゃべったんです。五人の子供を授かっても、私は寝たきりでおんぶも抱っこもできなかったけれども、主人のおかげで子供らも育ちましたって。

　主人は五回のつわりも替わってくれたし、ご飯も、私のおしめも、全部してくれました、というようなことを言ったら司会の人が「（ご主人の）つわりはどんなだったんですか」って聞いたんです。はいっちゅうて、今度はとうちゃんが「科学的に分析しますとですねって」答えて（笑）。みんなしーんて。「妊娠してる人のために料理ば作っとるで、要するに私は栄養失調だったんです」と。もう割れんばかりの大笑い。

田口　杉本さんが妊娠すると、いつも雄さんが具合が悪くなりつわりのようだったんですね。

杉本　そう。それはつまり、私中心に料理ば作ってくれるんで、自分が好きなものが食べられず、過労と、栄養失調だったたってこと（笑）。

田口　それで割れんばかりの笑いだった。かけあい漫才みたいな（笑）。

杉本　もう泣き笑い。でもみんな控室にいってから、今日の話は実におもしろかったっち、いやもう、しっかり泣き笑いさせてもらいましたっておっしゃってね。ある人は、栄子さんに会うてからずっと、だんなさんの雄さんに会いたいって思いよったけど、今日は二人に会えて幸せでしたとかね。そげんなことで言ってくれました。ま、これからも悩みながら、また皆さんの質問を受けながら、わからんところは勉強しながら、命ある限りは語り部を続けていかんばんと思うとっとですけど、うちの嫁たちに文句言う人もおります。

田口　えっ、どうしてですか。

杉本　まだまだそういうことが続いているんです。「とうちゃん、かあちゃんがしゃべっとらんとか?」って。「きょうもテレビに出とらった」って。水俣病はまだ終わってないので、命ある限り語っていくつもりですが、「まだ、そんなことしゃべっているのか」と、そう言う人たちもいます。だから、「もやい（関係性の修復のこと）」というのはまだ隅々にいっていないんですよ。まだまだ「もやい直し」をしていかなければ、ならないんです。

プラス、マイナス、ゼロ

田口　今日、日比谷の旧チッソ本社前まで叢想行列で一緒に歩きましたね。そのときに、若い男の人がきて、「なんでこんなに静かに歩いてるんですか、もっと大きな声で叫んだり訴えたりしなかったら、わからないじゃないですか」って言ったの、覚えてます？

杉本　はい、覚えてますよ。あの時にあんたが説明してくださったでよかったばってん、私たちは痙攣の起きたときは、お祈りするお数珠《じゅず》をいつも手提げに入れとって自分で手当てするんですよ。あの時も暑かったもんで、ちょっと苦しくて、痙攣もきていて、数珠を握っていたんですよ。

田口　だから数珠を握っていらしたんですか？

杉本　そうそう。お数珠におすがりする。なんと言っても日比谷のあそこは、さんざんなことのあった場所ですから、水俣病で闘い、争いをした人たちも、みんな一緒に歩いていたと思うんですよ。私たちだけじゃなくて、みんなの先祖が歩いていたんです。見える人には見えるんですよ。でも、みんなが集まって来てるっちゅうこと、あの男の人には見えてなかったんじゃない？　だけどね、そのことをあの人は代表して聞きなさったんですよ。ランディさんにわからせるために。

田口　私にわからせるために？　それはどういうことでしょうか？

杉本　他の者に言ったって分からんで、私に向かって言うてみて、あんたにもわかるようにしてくださった。感謝でしょう。そしてあんたが伝える人だったから、みんなにもわかったんじゃない？いっつも神はそう使います。あの人が悪いんじゃないんですよ。あの人も勉強したと思うとよ。

田口　あの時にわざわざあの男性が、杉本さんに向かって声をかけてきたのは、あの男性を通して私になにかを伝えさせるためだと、そう杉本さんは考えるんですね？

杉本　私はあの時、手にお数珠握っとったからね。身体もしんどかったし、叫ぶようなエネルギーは私たちはもうないんですね。でも私はずっと、ここば歩いて苦しかった人、辛かった人、い

ろいろな人がいるならば、どうか私にきてください、みんなに訴えますからどうぞ来てください
って、黙って祈りしながら歩いとったからな。

　そのようなかで、あの青年がきてくださったということは、ランディさんと私の結び、水俣と世の中の結びをやってくれたのですよ。

田口　この出来事を通して、私が学び、その学びをもっと多くの人に伝えるということでしょうか。確かに不思議でした。あの青年は自転車で走っていたのに、わざわざ降りてこちらに近寄って来ました。そして「この行進はなんのためのものですか？」って聞いたんです。だから、私が答えました。「水俣病の患者さんたちが、歩いているんです」と……。そうしたら彼は急に「なぜ叫ばないのか？　もっと叫ばないと伝わらない」と食ってかかってきたんです。とても印象深い出来事だったので、私はその事を本に書きました。

杉本　いっつも神はそういうふうに人を使います。その場でようわかれば楽しいし、すぐわからなくても、後になればわかると思うんですね。だから、いっぱいいろいろなことがありますけれども、私にはみんないい顔しかもってきません。もうマイナスはこないんです。うちにくれば、マイナスはここで止まりだから。

田口　止まり？

杉本　いろんな人がおるでしょう？　人を恨んだり、貶《おとし》めたりすることを考えている人もいるでしょう。そういういろいろマイナスを言おうとするときに、誰に言おうかなあって、仕掛ける人は考えるのよ。田口さんに言おうかなあ、実川さんに言おうかなあって。相手を選ぶ、選ぶのよ。

そして「あんただけに言うけど、誰にも言わずにおってください、私はこんなことを知っとるけど、言わないでください」って、いかにも物知りに、しゃべってくれる。仕掛ける人は上手だからな。

田口　そうかあ。

杉本　でしょう。でも、いくらうちにきても、ここで止まりだから（笑）。そういう人を見抜かんとだから。

田口　はい。

杉本　父は、あんたは人さまば好きになれよって言うたですけど、人から好かれるようになれよとは言うとらんとです。人ば好きになれよという言葉ほど、きつい言葉はなかでしょう。鬼になった相手でも好きになれってことだから。いったいどういうことだろうって考えるうちに、ここまで生きて生かされてきた。必要とされる人になれよっていうことだったんだと思う。父は全部は、教えてくれんかったけれど……。

　おもしろかですよ、私たちは水俣におって、いっぱいマイナスを学んだけれども、それをプラスにするのは人じゃない、自分だということが一番の学びでした。水俣病から学んだんですよ。黙っとれば犬死にになるから、しゃべっています。こうして話を聞いてくださってほんとうに、ありがとう。

二〇〇六年四月二十九日　日比谷にて

第三章

水俣の祈り　緒方正人

——魚《いお》の代理人として立つ人

緒方正人

一九五三年に葦北郡芦北町に生まれる。漁師。水俣病患者認定運動を患者として牽引したが、八五年に患者認定申請を取り下げる。九四年より杉本栄子、石牟礼道子らと共に「本願の会」を結成。著書に『チッソは私であった』がある。

水俣から福島へ

二〇一一年三月十一日、東北地方に起きた地震による大津波で、福島第一原子力発電所事故が発生。コントロール不能となった原子炉が炉心溶融を起こし、原子炉建屋は水素爆発によって倒壊、東北から関東に及ぶ広い範囲に放射性物質が飛び散った。特に事故当日に風下となっていた福島県相馬《そうま》郡飯舘村《いいたてむら》の放射線濃度は高く、緊急避難地域となった。

飯舘村で農業を営んでいた友人から連絡をもらったのは事故から一か月が過ぎた頃だった。友人宅の周りは高レベルの放射線で汚染されていた。避難指示が出ているなか、友人は飼っていた動物や畑を捨てて避難することを拒み、汚染された土地に残った。その友人が唯一会いたいと願ったのが、水俣の漁師、緒方正人さんだった。

「私も電力を使い続け、東京電力の恩恵を受けてきた一人です。緒方さんの著書『チッソは私であった』を読んで深く共感しました。人間として、自然界のすべての生命に謝罪したい」

彼女は死ぬ気かもしれないと思った。

緒方さんなら、友人にどんな言葉を差しだすのだろうか？

原発事故をどう見るのだろうか？

それが、聞きたかった。

緒方正人さま

たいへんごぶさたしております。作家の田口ランディです。舟に乗って緒方さんのお家を訪ねてから、もう六年の歳月が過ぎました。月日の経つ早さに唖然としております。

今回、水俣・白河展に緒方さんがいらっしゃるとうかがって、私もホールプログラムを聴講に行くことにいたしました。

夏以降、福島には何度か足を運んでいます。

緒方さんもご存知のように、福島第一原発の事故によって、福島県は広域に放射能汚染されました。私は七月十三日に原発から二十キロ圏内の避難区域に入り取材をしてきたのですが、それはそれはひどい状況でした。この地域は牧畜が盛んでしたが、政府は二十キロ圏内の動物を外に連れ出すことを禁じたため、残された牛たちがミイラ化し、無残な姿で死骸となっておりました。腐敗臭が畜舎や牧場にたちこめ、蛆《うじ》がわき、蝿が飛び、畜舎の中では何百頭もの牛が、かいば桶に首を突っ込んだ状態で死んでおりました。

残された犬たちは野犬化していましたし、羊や山羊なども力の弱いものから死んでいました。

人間は一人もいません。でも、風景はほんとうに美しいのです。放射線は目に見えないので、福島の景色はいつもの通り、森も山も川もきらきら輝いています。耕されることのない畑や、田んぼには雑草がぼうぼうと生えていましたが、それも遠目には美しい緑の原野に見えました。

私は三日前まで、飯舘村の友人を訪ねておりました。飯舘村は計画的避難区域に指定されているので、避難を強制されておりませんから、わずかですがまだ住んでいる方たちがいらっしゃいます。でも、この地域の汚染は深刻で、私が持参した放射線量計は、ずっと鳴りっぱなしでした。

私の友人は飯舘村で自然農業を営んでいました。森に囲まれた彼女の家の庭には薬草園や、鶏小屋があり、裏の湧き水の場所には小さな山椒魚《さんしょううお》が棲んでいました。でも、三月十二日に起こった水素爆発で飛散した放射性物質により、彼女の家の軒下では七十マイクロシーベルト／毎時もの、高い放射線が計測されます。これはほぼ数日で年間の被曝限度量を超えてしまう数値なのです。裏山は三十マイクロシーベルトで、これは二十キロ圏内よりも多いほどです。彼女はたいせつに守ってきた畑、田んぼ、美しい森、すべてを一瞬で失いました。もうここで人間が暮らせないほどに汚染されました。でも、それは全く目に見えません。なに一つ変わらぬ風景に囲まれながら周りからは「危険だぞ、死ぬぞ」と言われ続け、友人は気が変になりそうだと言っています。

放射線で汚染された地域に住む人たちは、自分たちが先祖から受け継いできた土地を汚染され、大切に育ててきた牛たちを殺され、なにもかも失って命一つになってしまいました。その命も

「ここに住んでいたら死ぬぞ」という声によって脅《おび》えています。見た目にはなにも変わらぬ土地からとれる作物は売ることができません。誰も食べようとしません。収穫しても捨てるしかなくなりました。それでも、多くの人たちが、自分の土地に戻りたいと切望しています。そこを離れては生きていけないと感じているのです。

避難している人たちも、何日かおきに村に戻り家の手入れや、草刈りをしています。外部から来る人たちは防護服を着ていますが、地元の人たちはもうマスクすらしていません。それは、諦めとか、断念とか、放棄ではけしてなく、ここで生きていく決意なのでしょう。

世論は「原発反対、放射能は危険だ」と身体の危険を心配してくれます。でも、このような世論にも傷つき苦しんでいる方がいらっしゃいます。私の友人はその一人です。

原発はなくしたほうがよいし、放射能は危険でしょう。言説はみな正論でありますが、正論はいつも効率的で合理的です。矛盾をはらんだ福島の方たちの辛い心情に寄り添ってはくれないのです。危険な土地に住み続けていることが悪のように言われて、傷つかないはずがないのです。人間の心はそう簡単に割り切れるものではありません。汚染されたからといって簡単に土地と結びついた心が切り離せるものではありません。

友人は、柳田邦男《やなぎだくにお》さんの著書から緒方さんの存在を知り、緒方さんの「チッソと闘わない」という生き方にたいへん勇気づけられたそうです。いま、福島に住んでいる人たちは、闘わざるをえない状況です。でも闘えば闘うほど闘いで人生が消費されてしまいます。補償の問題、土地の問題、これからの生活の問題、なにもかもが宙づりになって先の見えない状況で、自分がどう行動し、なにを基準に物事に向き合っていいのかわからず、ほんとうに迷い苦しんでいらっしゃいます。

もし、よろしければ、福島の友人と会っていただけないでしょうか。

緒方さんさえよろしければ、彼女の自宅にご案内したいと考えています。彼女の自宅は福島から車で四十分の飯舘村の森にあります。放射能汚染がどういうものなのか、感じていただけたらと思うのです。

緒方さんがこの現実をご覧になって、なにを思い、なにを語られるのかを、私はこの耳で聞いてみたい、可能であればそれをみなに伝えたいと思っているのです。

この現実を、福島のみなさんの側に立って見つめ、言葉を差し出すことができるのは、水俣病を経験し、同じように生き物と海と大地のつながりあった世界を感じることができる、緒方さんだろうと、思うからです。

私には、差し出す言葉が、ありません。

田口ランディ

翌日すぐに、緒方さんから電話があった。

「手紙、読みました。なにもできませんが、行きますよ」

と、簡潔な返事だった。込み入ったスケジュールをどう調整すればいいか話しあい、白河のホテルで合流することに決め電話を切った。切ってから、不安になった。無理を強いたことはわかっている。緒方さんを飯舘の友人の家に連れていきたい、それは私のエゴだ。緒方さんは漁師として魚を獲り、獲った魚を食べて生きてきた。その魚が有機水銀に汚染されていたため、緒方さんの体内にも多量の有機水銀が蓄積し、それによって神経が冒され、いまも苦しんでいる。その緒方さんを、わざわざ高レベルの放射性物質が残留する場所に案内し、被曝させてよいのか……。周りの人も心配するだろう。もちろん、短い時間のことである。健康被害が出るとは考えられない。でも、あえて行く場所ではないことは確かなのだ。


朝六時二十分、緒方正人さんと白河のビジネスホテルで待ち合わせをした。

季節は秋なのに、あたり一面、霞がかかっていた。

「これは、霧でしょうか？　何も見えない……」

もやった景色を仰ぎ見て緒方さんが言った。

「このあたりは、霧が出やすい地形なんでしょう……」

夢の中を二人で歩いているような不思議な気持ちになった。

ふと「そぞろ神」に憑かれて旅に出たくなったという、『奥の細道』の芭蕉の言葉を思いだしていた。「そぞろ神」とはどういう神さまだろう。きっと、人間をそわそわと落ち着かなくさせる誘惑の神さまだ。どこか遠くへ行きたくなる時、私も腰が浮くような粟立つ気持ちになる。そんな人間の心情を「そゞろ神の物につきて心をくるはせ」と言う感性が、とても好きだと思った。

　そういえば、石牟礼道子さんは「もだえ神」という神さまのことを書いていた。「もだえ神」とは苦しむ人の傍らで一緒にもだえる神であると言う。彼女は「もだえ神」として水俣を描いたのだ……とも。

「そぞろ神」「もだえ神」ほんとうにたくさんの神さまがいるものだ。もしかしたら、松尾芭蕉は、神さまを探して旅に出たのかもしれない。この世界のあらゆるものに宿る神さまを見つけ、それを表現し、残そうとしたのかもしれない。


　ああそうだ、私はいま、神さまと霧のなかを歩いているのだ。

　少し先を行く緒方さんを見てそう思った。この人も私にとって神さまのような存在。なんの神さまだろうか……。たぶん、海の神わだつみの化身。すべての魚《いお》の主神。

「緒方さん」と、私は背中に声をかけた。

「東北でたくさんの人が亡くなって家を追われて、大変な事が起きたのはわかっているんです。でも、実感がなくて、いのちが大切だってことは、そりゃあ、頭ではわかっています。でも、すべてのいのちが等しく尊いことを実感することができない。私はやっぱり人間は犬猫よりも上だと思っているんですよ」

　緒方さんは、黙っていた。この人たちは余計なことをべらべらしゃべらない。沈黙という言葉を使って会話をする。

「田舎を捨てて都会に出た私にはもう帰る故郷もない。どんな場所でも生きていけるけれど、ここでしか生きられないという場所はありません。だから、土地と離れがたく結びついた人たちの気持ちが、いまひとつ理解できません……」

　どんなに汚染されようと、この土地から離れたくない。そう願う友人の気持ちが、理解できない。だから、わたしには彼女に差し出す言葉がないのだ。危ないなら別の場所へ行けばいい、と、そう思えてしまう。

「いまから二十五、六年前だなあ。俺の精神の大逆転があったですよ」

「はい。『チッソは私であった』という本を読みました」

「そうそう。水俣病で親父が狂い死にして、最初はチッソや行政、国や県の責任を問おうとしていたんです。目に見えない仕組みに闘いを挑んでたわけですよ。責任追及だとか、補償金だとか、いろんな文句を浴びせながら正体の見えないものと闘っていくなかで、いつしか、あれ、なんかおかしいなあ、と思うようになってきた。闘いの敵である加害者側だけのおかしさじゃなくて、水俣という運動側のおかしさ。おのれの嘘っぽさも感じてるわけですよね。

　いろいろなことが制度や仕組みのなかだけで片付けられていく。それを簡単に救済とか解決と呼んでしまう。まあ、結局、世の中に希望がもてなくなって、絶望感のなかで狂いに狂ったのが一九八五年の秋。必死に世界を探そうとしたわけです。自分の本当の世界が必ずあるはずだと思ってね、四苦八苦、七転八倒しながら狂って、狂って、そのとき初めてわかったんだな。俺は、不知火海の海辺の女島《めしま》という小さな漁村に生まれ育って生きてきた、生かされてきたということがね。これこそが、実は俺の命の物語そのものだったと気づくんです。その〈物語に従う〉というか、そこにとどまって、システム社会のほうに行かないで、俺は水俣に還ってきたんだと思うんです。俺自身がこの不知火海やこの山々のひとつだ、ということに気づかされたんですね」

「気づかされた？」

「そうです」

「だれに？」

「だれというか……。自分を超えたものです。けっきょく、自分でどんなにあがいても、お釈迦さまの手のひらにいる孫悟空みたいなもので、なにか大きなものに動かされてるって感じなんですよ」

「自分の意思ではないってことですか？」

「どんなにがんばっても、機が熟さなければどうしようもない。それまでは何度でも試されるから……」

「試される、だれにですか？」

「なんだろうなあ。二十代の頃は苦しくて苦しくて、自殺したかったり、いっそのことチッソもろとも爆死なんていう、自爆テロのような衝動を必死で抑えてた。そういう死にたい衝動がね、何十回どころか何百回と襲ってくるわけですよ。そのとき、やっぱり俺は海に相談するというかね。自然界に感情をぶつけるわけですよ。だって生身の人間にはそこまで言えませんからね。それに、もう人間とは言葉が通じなくなっているんですよ。気が狂ってるんだから、しょうがありません。だからね、言葉が通じないものに投げかけるんです。草木や、空を飛んでいる鳥であったり、海であったり、魚であったりね」

「自然は、答えてくれるんですか？」

「答えは教えてくれないです。でも、慰めてくれるというか、やわらげてくれる。いっしょに案じている。自然のほうからはけっして拒絶しない」

ホームに電車が入って来て、会話はとぎれた。

緒方さんは、いつも自分の中心に座っている。どんな時もブレない。それなのに、なんて自由なんだろう。あるがままだ……。私もそうありたいと思う。この人のように、私自身の中心と重なり合い、思うままに自由に動けたらいいのに……。

いつのまにか霧は晴れて青空が広がっていた。

水俣病公式確認五十年事業実行委員会が制作した『未来への提言・創世紀を迎えた水俣』のなかに、緒方さんが水俣病患者の認定申請を取り下げた時の思いを記している。

> 私は二十一年前に、自らの認定申請を取り下げたと、司会者のほうから紹介がありました。金の価値観というのにとらわれずに生きたい。そういう金の支配する世界を脱したいという気持ちが強くあったからです。さりとて、私の現在の日常も電化製品に囲まれ、プラスチック製品に囲まれて暮らさざるを得ない。いくらかの生活費というのは、どうしてもいるわけ

なんですが、それでも、そのことを自らの必要さ、自己決定ということに重きを置いて。コマーシャリズムに乗せられないで、自らの主体的な判断、意思決定、その必要さを自己決定していくことが大事だなと思ってきました。この点でも、私は今どうしようもないような閉塞状態のこの世の中から、どうやって平たく言えば『一抜けたという生き方』をしていくかという時に、このキーワードは、一人になること、一人という存在地点に立ち返ることが必要ではないか。みんなで仲良く手を繋いで渡りましょうと言えば、聞こえはよいが、それはなかなか難しい。日本社会全体が一度にころっと変わることは、ちょっと考えにくい。一人という原点に立ち返る。それは人としてという原点に立ち返ろうとすることにつながるだろうと思います。

緒方さんは患者認定を求める訴訟団のリーダー的存在として訴訟を牽引してきた。その緒方さんが認定申請を取り下げた時は、同じ被害者の方たちから批判を受けた。認定されれば治療費や生活費などが補償される。だが、緒方さんは裁判という法制度に訴えるうちに、結局はすべてがお金に換算され、いつのまにか水俣病の責任の意味や内容が、お金とすり替わってしまい、システム社会の中に呑み込まれて行ってしまうことに気づいた。

なぜ、水俣病事件が起こってしまったのか、その意味をもう一度問い直さなければならない。認定を取り下げた緒方さんは、たった一人でチッソの工場前に座り、前を通る社員一人一人と対話を始めた。緒方さんの人間としての闘いの始まりだった。

一人になること……。

それはどんな気分なんだろう。孤独ではないのか?

飯舘村の森で、友人のMさんは私たちを待っていた。緒方さんを案内して、いっしょに日当たりのいい庭に立ち、白く輝くすすきの穂が風に揺れているのを眺めた。静かだった。鳥が啼いていた。この庭の放射線量は相変わらず高く、空間線量は六十マイクロシーベルト/毎時あった。地面の特に高いところは、七十を計測した。でも、それを計らなければ、実に気持ちのよい晩秋の朝だ。

Mさんは話しているとすぐ涙声になり、言葉に詰まる。緒方さんは頷きながら話を聞いている。寡黙だ。

線量計の数字はずっと高い。アラームを切ってあるが、この数値の中に居るのは怖い。立っているうちに、なんだか気が遠くなった。これはやっぱり夢なのじゃないか。目が覚めたら自宅のベッドにいるんじゃないか。きらきら、きらきら、陽光を照り返すすすきの穂が、ゆっくり、ゆっくり、波打っている。ああもう、ほんとうにきれいだ。なんてきれいなんだ。穏やかでやわい風がふいている。空が真っ青だ。汚染は実感できない。自然は美しい。

波音のように、緒方さんの声が響いてきた。

「ひとのすがたが、いちばんうつくしいのは……、はは、そういうことがあるんですよ、このがさつな俺でも、ああ、にんげんは、うつくしいなあとおもうときが。それはね、海山でみたときです。自然のなかで、ひとはいちばんうつくしい。じつにゆたかなかおをしている。春に海でわかめや海そうや、ひじきをとったり、山でつわぶきをとったり、春、いのちがいちばんにぎわう季節にね、そのいのちの、にぎわいのなかにひとがいるときが、いやあ、ほんとうにうつくしいなあとおもう。この俺にしてそういうことをおもわせる自然は、ねえ、たいしたものだとおもいませんか。ほれぼれすることがある。夕方、舟の上で網をあげるまで夕陽をみながらゆっくりしている時間がある。凪ぎのなかにいだかれているあのときが、なんとも、しあわせな時間でねえ。日本政府なんて俺には関係ない。なくてもいっちょこまらん。深い次元で対話をしているんですわ、自然と。しかも一方方向じゃなくて、相互通行が成り立っているんです。テレビとは違う。テレビゲームとかインターネットじゃなくて。もっとこう、深い深い心の底でつながりあっている。この大自然とね。そういうってのはやっぱり好かれちょるんじゃあないですか、この空間から。好かれちょるってのは惚れられちょるってことですから。にんげんが大自然から惚れられちょる。なにものにもかえがたい、かけがえのないもの、無償の価値っていうんですかね、そういうものがあるんです。金にはかえられない。俺は金が欲しかったらとっくの昔に銀行襲ってますもん。そうじゃなくってね、この俺がね、自然に惚れられちょる、すごいことだとおもいませんか……」

　そして、Mさんに言ったのだ。

「あんたも、この森に、惚れられちょるんですね」

白河・水俣展のホールプログラムにおいて、講演の第一声で「私は魚《いお》の代理人としてここに立つ」と宣言した緒方さんは、やはり「海の神わだつみ」だと思った。満場の人々の前にたった一人立ち、緒方さんは語った。

「草木や、鳥や、動物たちからは人間がどう見えるだろうか。人間は自分たちだけで生きていると思っているが、草や虫や動物が死ねば人間も生きてはいけない。そのことに気づいていない。人間中心でものごとを考えている。水俣病も原発も問題の根っこは繋がっている。

私には国はふたつあると思っている。システム社会、この制度国家日本という国、そして、生《しょう》国《ごく》と呼ぶ生まれ生きる国、たましいのふるさととしての国。制度国家ではないもう一つの国が確かにある。制度国家日本とはおつきあい程度でかかわっている。私の国はすべての生きものが生まれ還っていくところである『生国』である。

生きものとして人間は生国を失ってはいけない。ほんとうのふるさとを失ってはいけない。長い間にこのバランスが崩れてきてしまった。生まれてきた国を忘れてしまった、見失ってしまった。山や海や川、森や田んぼ、この自然界こそ、生命存在としての共通の基盤であると思う」

会場を埋め尽くしていたのは、原発に反対する人たち。電力会社や国と闘う意志をもった人たちだ。みんな怒っていた。その人たちに向かって、緒方さんは「魚《いお》の代理人」として語った。

わだつみの声はどれほどの人に届いたのだろうか。制度を批判しながら自分たちも制度を作っていないか。それを自分に問うているか？　人間たちに、わだつみの言葉は理解されたか。なにより、私がわだつみのことばを、受け取れているのか。

人間たちは皆、険しい顔をしていた。

魚《いお》の代理人として立つ人

緒方正人さんは、一九五三年に熊本県葦北郡芦北町《あしきたまち》に生まれた。杉本栄子さんと同じく、漁師を束ねる網元の家に育った。二〇〇一年に刊行された緒方さんの著書『チッソは私であった』を読んだ衝撃は今も忘れられない。これは「悟り」の物語だと思った。こんなにも気が狂うほどに、人間とは、自分とは、と問い続ける人がいるのか、と。

一度、緒方さんのお宅を舟で訪ねたことがある。軒先が海と言ってよいほどの海の近さで、沖から見ると海上に浮かんでいるかのようだった。この家に住んだら、枕元をずっと波音が浸すのだろうと思った。だから、緒方さんの感性は魚なのか……と。

網元だった緒方さんの父親は、六歳の時に激症水俣病で亡くなった。その壮絶な死を目の当たりにし、自身を含め緒方家の一族が二十人以上も水俣病を発症するなか、緒方さんは水俣病未認定患者の救済運動に身を投じる。チッソへの仇討ちが父親の死に応えること、若い緒方さんは理不尽に対して湧き上がる己の憤怒に苦しんだ。緒方さんのチッソとの戦いは十年以上も続いた。しかし、三十二歳の時に訴訟から離脱。たった一人、チッソの正門前に座り、従業員の一人一人に語りかけ始めた。緒方さんの「人間としての闘い」が始まった。作家の石牟礼道子、杉本栄子さんらとともに「本願の会」を発足した緒方さんは、犠牲となったすべての生き物たちを埋め立て地に奉ることを水俣市に提案し、水俣病の患者さんらと共に石仏を彫り始める。

チッソが海に流し続けた水銀は一五〇トン以上に及ぶ。熊本県はその処理のために、汚染されたヘドロや魚を二五〇〇本以上のドラム缶に詰め込み、そのドラム缶で海を埋め立て、汚染源の封じ込めを図ったのだ。その埋め立て地で、本願の会によって石牟礼道子の薪能『不知火』が奉納された。

奉納公演のあと、杉本栄子さんと並んで精霊船に手を合わせていたのが緒方正人さんだ。

緒方さんの言葉は、明解だった。緒方さんには「緒方正人という思想」があった。それは杉本栄子さんも同じだ。寄って立つところは自分なのだ。システム化された社会制度の中で生きる者たちに、緒方さんは「魚の代理人」として呼びかける。

緒方さんは、他者を批判しない。

ただ、生命存在の縁に立って、魚《いお》の代理人として話す。

聞き語り

［語り手］緒方正人
［聞き手］田口ランディ

田口　こちらに来る前に、『ザ・コーポレーション』という映画の試写会に行ってきました。この映画はカナダで作られたドキュメンタリーで、『ボウリング・フォー・コロンバイン』のマイケル・ムーア監督が出演していて、製作にも少し携わっている。内容は、企業というのは、実は、法律によって人間と同じ権利を与えられた、要するに〝法人〟なのであると、だから、どういう人格なのかを精神分析してみようと（笑）。

緒方　おもしろいですね。

田口　ＦＢＩの心理捜査官が分析するんですよ、いろんな企業の事例をあげていって。そして最終的に、企業というのはサイコパスだと、人格異常だという結論を出す。なぜ企業が凶悪な犯罪をたくさん犯してしまうのか。私たちは企業というものがサイコパスであることを認識し、企業が危険人物であることに気づき、今すぐに闘わなくてはいけないと……。

緒方　ふふふふ（笑）。

田口　社員それぞれが少しずつ自分の欲望を企業という人格に投影して、一つの企業という〝影〟を作り上げている。だから、企業が悪いとしたら、その企業の欠片《かけら》は、社員一人ひとりの心にもある。そのことをこの映画は描いていない。正しいことを言っているけれど、敵を外に外に作っています。対立させて解決しようとする。それは結果的には私たちがいつもやっていることといっしょです。

緒方　そうですね。たとえば何十年か前よりもむしろ今の時代のほうがより、企業のなかでも役所のなかでも、あるいは労働組合組織なんかでもそうなんでしょうけど、一人ひとりの人間が主体性を失くしてきたような、人間らしさというか、どこかでその踏ん張りがきかなくなってて、人が見えないという感じがする、見えにくくなってる。

田口　一つには、人は本当はさまざまな欲望をもって、悪い部分もある存在なのに、近代の道徳教育はそれを許さない。それで、欲望が自分のなかにあるのを認めないで、全部外にね、外在化させてしまった。

緒方　きれいに見せようとしたんですよね。それのいちばん典型なのが、〝殺意〟だと思いますね。殺意が隠されている。もちろん暴力性だとか。

　田口さんが言うように、みんなほとんど同じ要素を、細胞としてももっているわけですよね。だから、本来的には、私たちもなんら変わらないものをもっている。ただもちろん一人の人が生まれて育っていく過程での生活環境だとか、あるいは大きいのは体験なんでしょうけれども、そのなかでどの部分が表に出て、どの部分が抑制されたりブレーキがかかるかとか、ということはあるけれども、要素としてはみんなあるはずなんですよね。水俣病五十年だけれども、殺す側じゃなくて殺される側でいたからまだしもというのはありますよね。

田口　自分が殺す側だったかも、と緒方さんは思えるんですよね。

人権、ワン権、ニャン権

緒方　私は人権という言葉はあんまり好きじゃないんです。どちらかというと、嫌いですね。人権というなら、ワン権もニャン権も認めなきゃおかしいじゃないか、と。人間だけ人権を振りかざすのは、おもしろくないというか。特権ですよね？　人間だけが人権なんていうのは。猫のニャン権も、犬のワン権も認めないといかん。全部認めちゃったら、逆に言えば、人権ということを言う必要すらなくなるんですよ。

田口　人権が嫌いなんて、大声で言いづらくないですか？

緒方　人権とか権利という言葉のもつ、政治用語的な響きが嫌いなんです。平和を求める理念とか、求める心みたいなものにはなんら異存はないわけだけれども。政治用語化しているのがおもしろくないんですね。

田口　水俣は人権闘争の現場というイメージをたいがいの人はもちますよね。その当事者である緒方さんが「人権キライ！」と言うと、みんなちょっと「え！」となりますよね。

緒方　小学校とか、学校の人権教育の時間に水俣病の体験を話してくださいと言われるわけですよね。学校では今、水俣病の教育の時間って設定されていない。学校の先生たちや子どもたちとの時間には、人権教育の時間を使う。そのなかで水俣のことを取り上げるという。今言われたように、人権というのはどこか俺もしっくりこないまんまに、その時間帯で話をしているわけなんですよ。

田口　子どもたちには、どういうお話をされているんですか?

緒方　子どもたちには、ほかの生き物と人間のふれあいというか。たとえば水俣病のことでも、今までは人間の水俣病に焦点が当てられてきて、そこでの加害者とか被害者とかっていう構図で語られてきたわけだけど、海の水俣病というか、魚たちのことだとか、あるいは猫や鳥や、もっと言うと目に見えないくらいのプランクトンまで、そういう生き物たちの世界が工場からの毒で汚染されて、不知火海の周りに住む人や、それこそ餌に食べた豚から鶏まで死んでますからね。そういう生き物たちの水俣病なんだ、と。どちらかというと、むしろ「海から見たらどう見えるだろうか」というふうに問いかける。そうすると、水俣病の認定や補償というものが他の生き物には通じない（ということがわかる）、「海の魚や猫たちに、どうしたら届くか」ということが、いちばん大きな問題じゃないかな、というようなことをよく話します。

　だから最初、田口さんが今日、海から（舟で）来られたというのはよかったな、と言ったんです。「海から見直す」ということが、私は非常に大事だと思う。それは、水俣の町や不知火海沿岸の山や島々を見るということもそうだけど、発想としてはやはり〝命の原初〟というか、始まりの海から見るということがこれからのヒントというか、手がかりを与えてくれそうな気がしますよね。陸地から、不知火海って話に聞いたよりきれいだとか、穏やかな海だとか言うけど……。そら、陸から山から見るのも大いにけっこうだけれども、圧倒的に海から見る機会というのは少ないですよね。漁師はわりと仕事であるけれども。

田口　ぜんぜん見え方が違いますね。

緒方　俺はね、ときどきだけど、たとえばこの家の庭先から逆立ちしてみることがある。いつも見慣れている風景を、自分を逆さまにして見たりする。逆転の発想みたいなものが欲しいもんだから、横になったり斜めになってみたり逆立ちしてみたり。そういうことを遊び半分でやりますよね。

終わりと始まり

田口　大阪の水俣の患者さんたちの原告団が国に対して勝訴しました。昔、この裁判に勝てるという予感を誰ももてない時期が長くありました。でも時代は変わった。緒方さんはこの判決を聞いたときは何を感じられましたか?

緒方　意外な判決ではあったんですよ、実は。おおかたの運動関係者は、厳しい判決を予想していたようだし。

田口　緒方さんもですか?

緒方　私自身はあんまり関心はなかったんですよ。

田口　判決に関して？

緒方　裁判そのものにも、ほかの裁判にも。特段の関心はなかったんだけども、やはり国の責任を認めたという意味では、裁判の歴史からすると画期的というか、いいもんだったんだなとは思いますけれども……。

　うーん。〝その先〟が見えないというか、素直に喜べないところはありますよね。それは大阪のことに限らず、ですね。つまり、水俣病は、裁判という制度や認定制度といった仕組みのなかにとりこまれてきた歴史をもっていて、そこでの救済だとか責任だけが論じられてきたというのがあるので、やむを得なかった一面はもちろんわかるんだけれども、それに「解決」というふうな言葉がくっついてくると、おもしろくない、ですねぇ。まぁ、俺がへそが曲がってて、肥後もっこすぎ（頑固すぎる。肥後者の頑固な気質を表わして）かもしれないけれども。

　……なんというですかねぇ。水俣病患者としての原告というよりも、もっと人間的な存在として訴えたはずだと思うんですよ。ところが、裁判所とか認定制度のなかで、出口から出てくるときには、〝患者としての〟認定あるいは補償や医療費やというのがくっついているし、あるいは、あいまいな和解だとか、そういうのがあるので、もともとの深いところからの訴えからはやっぱりずれてきたと思いますね。

　とりわけ関西訴訟の判決以降は、三〇〇〇人を超える人が新たに申請してきたという現実がある。昔、水俣フォーラムの実川さんがこう言ったことがある。東京に患者さんたちが来てですね、自分のことを「水俣病の〇〇です」と言うのは非常に滑稽に聞こえると、やっぱり。それは、文援者が「支援者の△△です」と言うのといっしょなんだよ。その人の名前のまえに、なんで水俣病が来るの？　と。

田口　確かに。

緒方　ふつう「患者さん」っていうのは、病院のなかでお医者さんとか看護婦（師）さんが、それこそ患者とのやりとりのなかで使う言葉なのであって、町のなかで患者さんというのはほとんど言わないですよね。「漁師」でいいし。そっちのほうがいい。

二十数年前に私、カナダインディアンの人たちと交流したことがあるんですが、アメリカやカナダのいろいろな土地の居留地のほうに強制移住させられたり、そこでもやっぱり狩りもできないし、州政府からの補助金での生活を強いられた。そうするとやりきれなくなって、とくに男の人たちがアルコール中毒になっていく。似ているな、って思ったんですね。

生まれ育った土地を離れるということは、なんていうのかな、非常に耐えがたいことを実は強いてしまっている、と。私もその気持ちがよくわかるような気がするんですよ。その土地を離れるともう〝自分〟ではありえない、と思うんだろうな。なんかこう、そこの風景というか姿というか、〝そのもの〟なんだろうな、と。だから、放射能汚染があるからそこを立ち退いたほうがいいというのは、社会的な意味で言えば非常に正論なのだけれども、正論よりももっと奥深いものがある、それに従わないというのは。その土地を離れたら自分ではありえないというふうに感じるんだと思う。

昔、大分の水俣病の集会に呼ばれて行ったときに、「どうして水俣の不知火海沿岸の漁民や被害者の人たちは集団疎開しなかったんですか」と。「集団疎開するって、何十万人も行くところありますか」って言うたんですけども（笑）。その質問は初めてで、それ以前にも以後にも聞いたことはないんですよね。かつて奇病・伝染病と言われた時代に、なぜ集団疎開しなかったんですか？　その意外性にたいへん驚いて、あとあとずっとそれを考えてみると、やっぱりその場を離れることはできなかった……。

あるいは、毒をも身体に取り込むということ。毒を危険物として忌み嫌うだけではなくて、むしろみずからそれを取り込むことのほうが、そこの大地や自然との一体である証拠というか、そういう気さえするんです。昨年の石牟礼道子さん原作の能『不知火』でも、不知火や常若が毒をさらえるというか、身に受けていくでしょう。そういう深い精神世界がやっぱりあるんですよ。

子は宝

緒方　水俣の場合もそうですけどね、母親の胎内でその毒を胎児が取り込む。もちろん意識してそうしたわけじゃないけれども。あるいは、うちの親父なんかもそうだけども、わりと年配の人たちが初期のころに非常に重症な形で大量に毒を取り込んで亡くなっていく。うちの家族のなかでいちばん年長者の親父が毒を「引き取っていく」という感じですかね。そして、産まれてくるいちばん最初の、胎内にいる胎児の場合も、いちばん年上のほうが引き取っていくわけですね。

だから、そういう意味では、なんていうのかな、忌み嫌うことを超えるものがやっぱり感じられるというか。

田口　お母さんたちが、胎児性水俣病の子どもたちを「宝子」と呼んで育てた。子どもを堕胎するという選択をしなかった。この事実はとても意味深いです。日本では一九九六年まで、堕胎は優生保護法という名前の法律によって認められてきた。いまは母体保護法に変わりましたが、生まれる前に命を選別する思想は色濃く残っています。

緒方　新潟水俣病の場合には、行政的なはたらきかけで産児制限、子どもを産むということを制限したっていういきさつがあったんだけれども、水俣では政策的には出産を制限されなかったんですね。多くの人たちは、最初の子どもや二番目の子どもが胎児性の水俣病で生まれても、そのあとも産み育ててきたということがあるんです。やっぱり怖さはあったと思うんですよね。あったと思うけれども、摂理のなかで命の選別をしなかった。そのことはすごい大きな意味をもっていると思うんですよ。なぜそこに留まるのか。やっぱり「そこに帰っていく。それはぜったい譲れない」という覚悟。それこそ、金に代えられないことですよね。そういう精神、あるいは魂と言ってもいいかもしれない、そういうものこそ金に代えられない。私自身も、ちょうど二十年前に大逆転が自分のなかであったときに、そこなんですよ、引き戻されたのは。最初はチッソや行政、国や県の責任を問おうとしていた。目に見えない仕組みに闘いを挑んで、自分もそのなかの一人として川本輝夫《かわもとてるお》さん（チッソ水俣病患者連盟委員長として患者運動の先頭に立った）や実川さんたちとやっていたわけですよ。正体の見えないものと闘っていくなかで、それこそ責任追及だとか言いながら、相手に文句を浴びせて闘っていた。だんだんだんだんおかしいなあ……と思うようになってきたんですよ。なんというか、闘いの敵である加害者側だけのおかしさじゃなくて、運動側のおかしさも感じてるわけですよね。嘘っぽさというか、いろいろなことが制度や仕組みのなかで片付けられていく、それを救済・解決と呼んでしまう。そういう嘘っぽさを感じて、それがだんだん強くなるんですね。

結局、今の世の中に希望がもてなくなって、絶望感のなかで狂いに狂っていた一九八五年の秋。そのときに、必死に世界を探そうとするわけですよ。自分の本当の世界が必ずあるはずだと思って、四苦八苦しながら、七転八倒というか、とんでもない大どんでん返しのなかで狂ってるわけですよ。そのとき初めて、不知火海の海辺の女島という小さな漁村に生まれ育って生きてきた、生かされてきたということが、実は私の命の物語そのものだったという。その「物語に従う」というか、そこからシステム社会のほうに行かないで、どっちかちゅうと俺は、帰ってきたんだと思う。

かつて自分は〝見えないもの〟を追いかけてきたと言ったけど、振り返ってみれば、追いかけてきて疑問を感じて、おかしさを感じて帰ってきたから、過程としては勉強になったわけですけどね。「俺自身はこの不知火海やこの山々の一つだ」ということに気づかされたんですね。そして私たちよりずっと古い年代の人たち、親父やお袋やずっと代々、人々はそういう歴史を生きてきたはずなんだけれども、いまや非常に機械化された仕組み社会のほうに、どんどん引っ張られてしまう。

二十年ぐらいの認定補償をめぐる裁判のなかで、患者や、人間が、いつのまにか制度的な存在になってしまった。これは水俣だけではなくって、たとえば塵肺《じんぱい》訴訟をめぐる裁判でもそうだし、ハンセン病の患者の人たちもそうです。従軍慰安婦の人たちに対する政府の対応も、補償金でもなんでもないはした金の見舞金で抑え込んで、問題の本質を隠していく。アメリカやカナダのインディアンの人たちと同じように、制度的な居留地、金網の居留地に入れられているんじゃないか、と。それが歯がゆいんですね。

でも、ずっとそれが続くとは思えないんですよね。いつかパンクしてしまう。このままずっとシステム社会が続くとは思えない。大きな破綻がもう秒読み段階に入っているんでないかとすら思っちゃう。

田口　その一つの表われが「少子化」では。子どもを産まなくなった要因は、将来に対する不安なんです。

緒方　俺もそう思う。それとまったく逆で、私の場合は、戸籍上は十八番目のいちばん末っ子なんです。親父の最初の奥さんが十二人子どもを産んだ。一人で十二人よ。先妻が体を壊して亡くなって、そのあとにうちのお袋が後妻で嫁いできて六人産んで、そのうち三人は生まれて二か月くらいで亡くなったんですが、それで十八人なんです。親父やお袋にしてみれば、そのときに、「不安」はほとんどなかったんじゃないかと思うんです。

田口　確かに、凄いですね。

緒方　だって、養う自信がなければね、一ダース以上も作らないと思う。なんとか生きていけると思っていたからできたと思う。うちの隣の叔父もやっぱり十二人子どももってる。あのね、「おまえの将来が心配だから、今勉強しなさい」というのは自分の不安であって、子ども自身は不安をもっていないわけですよ。

田口　立ち返って、〈なぜ水俣病を発症した人たちが子どもを産み育てたのか？〉という問いに対して、私はまだね、みなさんが〈なぜ産めたのか？〉は、実感としてはよくわからないんです。自分だったらどうか？　と思うと、やっぱり自信がない。

緒方　俺自身は男だから深くはわからんと思うけども、えーっと……。とくに大家族のなかで、親戚たくさんのなかで育ったから、たとえば昼飯なんか食うときでも庭先ではにわとりや猫がうろちょろしてる。空から鳶《とんび》が来てこしらえてる魚をかっさらっていったりとか。飛んでるのが来るし、猫なんかも来るしというような、〝ちゃんぽん〟のなかに育ったから、そう感じるんだと思うんですよね。

　俺たちが小さなころくらいまでは、「育てる」というよりも、失《しっ》して（ほっぽらかして）散らかすというか、うっ放す（「うっ」は水俣弁独特の接頭語）というか、庭先で飼ってるにわとりみたいな、そういう感じなんですよ。「勉強しろ」なんて一回も言わなかったですね。姉たちはなんだかんだうるさいのがいたけれども。そういう野性的な強さがあったんだと思うんですよ。

　うちだけでなくて、漁村には子だくさんのところはいっぱいあったわけですから。八人兄弟なんてめずらしくなかった。昔はよう、この辺のなかではよそで飯食ったりして、「昼飯はどげんした？」って言ったら、「あそこで食ってきた」みたいなね。遊びに行った先で食ってきたみたいな感じで。とくに昼飯をよそで食うなんてことはめずらしくなかったですね。

田口　じゃあ、胎児性の水俣病として生まれた子を見て、親御さんは「生まれなかったほうがよかったんじゃないか」ということは思わない？

緒方　思うことはあると思う。思わないはずはない、と思う。ただ、そうは思っても、その苦しみも「やっぱり産んでよかった」というあとの結論にまた帰るんだと思う。その繰り返しは一度や二度じゃないと思う、おそらく。

田口　実際、病気の子どもが生まれたら、世話がたいへんになる。私たちは、まず心配するんです。そして、その「不安」に負けるんです。

緒方　私の姉夫婦も胎児性の寝たきりの子を抱えているんです。十年か十五年くらいまえにこういうふうに言ったことがあった。「自分たち親も年老いていく。だから、自分たちより先に逝ってくれれば安心するばってん」とは言っていた。だんだん親のほうが年とってきて、近くにおじさんやおばさんがいたりとかいうのはあっても、寝たきりであっても息子のほうは歳が若いから（長生きする）。妹もいるけども、妹も結婚して別のところで暮しをもっているわけで、ずっと付き合えない。誰かがずっと付き合うというわけにはいかない。だから、自分たちより先に逝ってくれれば、とボソッと一言言ったことがあった。

田口　親が自分の子どもに「先に」と思うのは、切ないですね。

緒方　たとえばね、最近でもときどきニュースに出るけれども、長年の介護に疲れた人が自分の相方を殺して、自分も自殺してというようなことが報じられたりするけども、可能性から言えば、そういう気持ちがわき起こることはあっただろうと思う。治る見込みのある病気ならばね、たとえ五年十年かけてでもと思うけれども、三十年四十年五十年治らない状態で、自分が高齢化して最期まで看てやれないという不安のなかで、どこかでいっそ自分の手でと思うこともあったんだろうけども……。

　そこで、最初に話した〝殺意〟が試される。自分のなかの〝おぞましさ〟が引き出されるというかね。そこでまた、ハッと気づいて、殺意が起きたとしても、それがそれ以上にならないようなはたらきをしてきたと思う。そういう意味では、〝鏡〟として子どもたちがいたんだと思うんですね。

狂う

緒方　〝憎しみ〟もそうです。俺自身もそうだと思うんだけど。親父の仇ということで、チッソを非常に深く恨んでいた、小さいときから。だから人一倍強いわけですよね、そういう気持ちは。憎しみの気持ちというのは、現われざるをえなかった。それはずっと、二十歳台から、狂いの直前まで。

　狂いの直前というのはですね、かろうじて俺はいいほうに生き返った感じがあるけれども、実は自爆テロの危険性も十分あったんですよ。狂っている、とりわけ前半のほうには。自殺の衝動や、いっそのことチッソを爆破して、いわゆる今で言う自爆テロですよね。そういう衝動というのを抑えるわけですよ。そことの格闘なんかもあって、自殺（願望）も何十回どころか何百回と襲ってくるわけです。自殺の衝動というか、死が美しく見えたり、死に誘われるような。そういう〝悪〟が引き出された、というかね。

田口　そういう衝動がワッと襲ってきたときに、どうやって踏みとどまって戻ってくるんですか？

緒方　そのときにね、やっぱり俺は、海・山に相談するというか、自然界にぶつけるわけですよね。生身の人間にはそこまで言えないでしょ、自分が自殺したいんだと。思っている人は周りに言わないですよね、よっぽどじゃないと。人間には言葉が通じなくなっているんですよ、こっちが狂ってるから。言葉が通じないから、人間じゃない、言葉が通じないものにむしろ投げかけるんですよね。草木であったり、空を飛んでいる鳥であったり、海であったり、山々であったりするわけですよ。それこそ山でこだまが返ってくるような。ストレートには答えは返ってこないけれども。人間社会のなかの言葉でないところで相談するというか尋ねるというか。そこでぎりぎり「残る」……。

　そして、俺自身の場合には、最後は自分を信じ切ったから生き残ったと思うんですよね。自分のこれまでの体験や、体のなかに、記憶のなかに必ず手がかりがあるはずだ、とそう思ったことで信じられた。

田口　記憶に。

緒方　苦しくて、本当の人間の世界を探そうとしているときに、よくあるだろうなと思うのは、たとえば宗教団体に頼るとか、新興宗教とか。そんなところに救いを求めるという発想は俺にはまったくなかった。

田口　はい。

緒方　誰かに相談しようということもほとんどなかった。（映画監督の）土本さんとかに夜中に三回くらい電話したことがあったかな。夜中の二時三時に。そんなことはあったけど。誰かに答えを出してもらおうということはぜんぜんなかった。やっぱり尋ねるところは海・山ですね。

田口　どうやって尋ねるんですか？

緒方　二歳三歳くらいの、なるべく記憶の辿れるところまで辿ろうとするけれども、それはやっぱり海辺で遊んだり、潮が引いたときに貝を掘ったり、海老を捕まえたりとか、そういう小さいときの体験があったから……。そういう楽しい遊びがあったからだったと思うんだけれども。

　尋ねるちゅっても、そう簡単には教えてくれないんですね。どちらかというと、慰めてくれるというか、やわらげてくれるということはありましたね。いっしょに案じているというか、けっして拒絶しない。自然界のほうからは拒絶しない。そういう感じはありました。

　ただ、狂いの頂上を越えたあとからは、ものすごいヒントが入ってくるんです。いいほうのヒントが、ものすごいスピードでびゅんびゅん入ってくる。謎解きをしているわけですね。「あ！あれと（これがつながって）……。そうか！　こういうことか」というのが一日中、数え切れないくらいある。最初のほうは非常に苦しいきつい上り坂というか、山登りの感じで、こちらのほうは試されている。本当に命がけで、おまえは今までの価値観をかなぐり捨てても本当に真実を知りたいのか？　というふうに試されたなあ、とあとで感じた。ところが、それでも向かっていくと、なんか受け入れられていって、あとは諭《さと》されるという感じ。最初のころには、テレビをぶっ壊したり、自動車をぶっ壊したり、毛沢東の写真もガラスごと燃やしたりしたわけですよ。それはね、狂ってそうしたわけだけども、あとあと考えてみると、近代的な文明、あるいは近代的な思想、自分のもっていた精神世界というか、思想的なものをかなぐり捨てる儀式だったわけです。これを持ち抱えたまま二人目の恋人が欲しいと言っても、付き合ってくれないわけですよ。本当にまえの女と手が切れてきたのか？　と。

田口　厳しいですね……。

緒方　喩《たと》えて言えば、そういうことなんですよ。本当に今までぶらさがってきたものを捨てて来たのか？　と。そんなもんぶらさげたまんまでね、次の新しいものが欲しいと言っているんじゃないのか？　と試されたような気がする。狂ってる最中にはわかんないけど、あとあとそう思った。そんな感じ。

　つまり、私のなかに下心、二心があるのかないのか試されるというのが前半だ。それが「ない」と、つまり純粋な状態にある意味はなって……。非常に純粋なんですよね。〝純粋さ〟というのが山の頂上である感じ。

田口　それ、おいくつの時に？

緒方　三十二歳。生まれて初めての孤独を味わう、ということが前半、いちばん最初にあるわけです。川本さんや相思社（水俣病患者の支援団体）の人たちや患者の人たちから、一人離れるわけで。そういう状態というのは、お袋にも女房にも姉たちにも、村の人たちにも当然理解されない。あるいは「気が狂った」と、狂ったとしか言われないわけですよ。自分でもどうにもならない状態だから。あそこまで狂えたからよかった。どうにもならない状態は三か月くらいで、全体では一年くらいは非常に苦しかった。

田口　抜けたな、と思った瞬間は？

緒方　意外とあっさりしてますよ。これは本にも書いてるけど、抜けたとき、一句浮かぶんだからねー。「うたた寝の　開眼すれば　現実なり」っちゅうんだけど。一丁上がり！　手間とらせやがって――という感じ。ところてんを突き出すように、ポーンと。ほーら、あっさりしたもんですよ。そのあとはもう本当に正気になんだもん。狂ってるという自覚がない。俺なんて俳句なんてするタイプじゃないから、ぜんぜん。もう目が開いたら、ポーンと。

田口　それから今まで、自分のなかでは、また変遷がありましたか？

緒方　ええ。あれはなんだったんだろうか？　ということを知るというか。今度は冷静に。あのとき見たこと感じたこと、狂いのなかでのことを言葉にしていくそういう過程だったと思う。

田口　その過程から、「チッソは私であった」というのも出てきて？

緒方　そうですね。狂いのなかのことがヒントになるわけです。

田口　あの本は、衝撃的でした。

緒方　「チッソは私であった」というふうに認めることができたときにですね、具体的には「私はもう一人のチッソであった」というのを短くして本の題名になってるわけですが、あれは私自身の救いの言葉でもあるんですよね。

田口　救いの言葉？

緒方　私自身、救われたんですよね。

田口　なぜそれが救いに？

緒方　結局ね、「人間」を見たんですよね、狂いのなかで。味あわされたというか。私たちのなかにある陰の部分というか。普段は表に出てこないように蓋をしてしまっている、憎しみとか、自爆テロ的な、あるいは自殺、死への気持ちとかを、狂いのなかで吐き出したんだろうと思う。

田口　陰の部分、それを見るのは本当に恐ろしいことだと思う。

緒方　そう。そして、誰もそのことを問わない。運動のなかには「正義」という看板がなんとはなしにあるわけ。だから、水俣病患者・家族として、いつも責任を問う側、追及する側でいられて、それに対して多くの場合は本人も疑問を感じないし、外から批判されることもない状態があるわけですよね。

　これに浸っているわけですよ。俺自身も、そこから、チッソや国、加害者たちをかつては見ていた。外側にしか見ていなかった。ところが、それが行き詰まって崩壊して、それを捨てたところで、〝裸〟になったんだと思うんですよ、俺自身が。裸になって怯《おび》え狂ったんだと思うんだけども。そのとき、逆転が起きたことで、「私はもう一人のチッソだった」と捉えることができたんですね。

そういう意味では、チッソを見たというよりは、「人間」を見せつけられたんだと思うんですね。だからこそ、「自白」が出てきたんじゃないか、と思う。昔、二回警察に捕まって取り調べにあったことあるけれども、警察や刑事の取り調べなんてあんなの楽勝ですよ。自分で自分を問うというのは非常に厳しい。言い逃れがきかないですからね。取り調べを受けているときは、お互いに仮面かぶっている関係で、ごまかしたり、黙りこくったり、黙秘したりとかできるけれども、いっさい妥協が通じないですよね。許されない。

田口　自分が納得できない。

緒方　そうです。そうです。

田口　今も、そのときひらめいたこと、気づかされたことを、〝宿題〟にしてずっと考えてらっしゃるわけですか?

緒方　そうですね。ちょうどまる二十年になったけれども、とくに最初の十年間くらいはそれが強くありました。

田口　いまはどういうことをいちばん考えてらっしゃいますか?

緒方　もっと深めたいとは思うけれども、もはや水俣病のことだけじゃないんですよね。どうしたら人間社会に世界を、世界観を取り戻せるかな、という大きなとんでもないことを思っているわけですよね、どっかで。ますますバーチャルな方向に向かっていて、それはとんでもない。すでにとんでもないところに入っているわけだけども。人間が養殖されてる世の中になっちゃった。「養殖人間化」されてる。そこから八千年の命にどうやったら帰れるか。そう思いますね。

しかもそれは、方法論的に出てくることじゃなくて。私が何かをどうしたからどうなるっていうものでもないんだけども。ある種、一人の存在地点として何か表現できればというふうには思う。何か組織したりということはあんまり考えてない。教団に帰依《きえ》するというようなことではないんだけども。そういうことではなくて、自然界に帰依するというような感じがあって。そういう約束を、狂ったときに、もうしちゃったんです。そこから声を出すというか、訴えるという感じです。

折り返し点

緒方　そろそろ「折り返し点」ですよね。水俣病事件が現代社会に何を問いかけているのかを考えさせられる、そういうときを迎えているんだと思う。

田口　よく「田口さん、なんで今、水俣病なんですか？」って聞かれるんですよ。水俣は、やっぱり緒方さん、杉本さん、石牟礼さんやみなさんの思想のなかにあると思っているので、これをもっとこれからの五十年でみんなに知ってほしいというのが、私の今の想いなんです。裁判の歴史は裁判記録を読んでください、という感じなんですよ。

緒方　俺もそうです。政治的な現象的なことにはほとんど関心がなくて、新聞のニュースに目を通すことはあるけれども、それ以上のことはない。政治現象的なことは、意味的にはもう終わった、と思っているんですよ。それは終わったっていい。要するに、人間の浅知恵が底をついたという話なんですよ。深い知恵をどうやって学ぶか、訊ねていくときだと思う。

田口　終わってくれたから始められることがあるんですよね……。

緒方　そう、そうです。

田口　そうじゃないと、傷つく人を作ってしまうので、やっと終わってくれた、と。国も「負けた」と。ここからもう誰のことも傷つけずに思想的なことが書けるなという気持ちに私はなれたので、ここから始めたらいいんですよ、って思ってるんですよ。

緒方　そうですよ。俺もまったくそうですよ。石牟礼さんにも、もうなんも遠慮せんで書きたいように書いてよかですよ、って（笑）。

田口　そうですよね。今までだったらね、緒方さんが「自分がチッソだ」とか言ったら、怒ったり傷ついたり混乱したりする方がいてね、それでご自分もつらい思いをされたりということがあったと思うんですよ。

緒方　もうないですよ。とくにそういう声というのは、ほとんど聞かないですね。まえはあったけど。そういうことをいっさい関係なくできたのが、能『不知火』だったと思うんですね。あれが二十年三十年ぐらいまえだったら、「なんだ。水俣病という三文字も台詞のなかに出てこないじゃないか。チッソの名前すらも出てこない。患者はあの作品のなかのどこにいるんだ！」とかね、いろいろクレームが出たと思う。いっさいそういう言葉を使わないで表現できるようになった。

田口　一つの作品としてね。

緒方　私が「チッソの人たちも来てもらおう」と呼びかけても、陰で「なんでそげんことすっと」という声もちょっとはあったですけど、正面から批判する人はもういない。これも、二、三十年前だったら、「とんでもないこと、おまえたちはやるな」っていろんな運動だったりの人たちに言われてたとこだった。それはもうない。

田口　これからの五十年でね、この思想というか、心の部分、想いの部分がきっちりと伝わっていくといいですよね。私もできるかぎりご協力したいな、と思っているんですけども。もっといろんな人が興味をもってここに来てかかわってくれるようになればいいな、って。すばらしいものが日本にあるんだから、って思ってるんですよ。

緒方　それにね、チッソの人たちも解放しないといかん。いつまでも人質にとったらいかん、と思う。

田口　それはどういう意味でしょうか？

緒方　やっぱり、チッソで働いている人たちというか、その子どもさんたちに高校や中学や小学生がいるわけです。そうすると、そこで水俣病の授業というか、学習時間のなかでチッソの名前が出てくるわけで、親が働いている職場のことが悪役として出てくるわけでしょう。働いている当人たちも、自分の職場がチッソだというのはすんなり言えない。すっとは出てこない。いつも責めたてられてきた歴史があるから。

　私には、それ（チッソを責める気持ち）があんまりないんですよ。だって、「私もチッソです」って言ってるほうだから（笑）。『不知火』のことで新聞記者に「どうしてチッソに協賛を呼びかけるんですか?」と聞かれて、「チッソがチッソに協賛呼びかけて、なんでおかしんだ?」って。

田口　それも……すごいことです。

緒方　それくらい既成概念というか、いままでの枠組みを破らないと。だから、何年かまえから「水俣病お笑い寄席《よせ》」っていうのができないかな、と思ってるくらいなんですよ。苦しい悲しい事件というイメージがあまりにも強すぎて。なんちゅうか、暗いイメージが長くあった。けして茶化す意味で笑いを作るわけじゃないけども、「笑い」もあったはずだ、と。患者の家のなかでも、患者同士の関係でも。「笑い」ということで、ほかの生き物との再現もできるはずじゃないかな、と。それができればなあ……。

田口　それはどういう構想なんですか?　内容的には。

緒方　いやいや具体的にはまだ決まってないですよ。俺としては、やっぱり落語だろうけども。……みんなもう仮面を剥がないとね。

田口　水俣病あるいは水俣病患者というのも、メディアとか社会が押し付けてきた仮面ですものね。

緒方　あと十年後には水俣病の患者の大半は多くはいないかもしれない、高齢化して。今回の資本主義の最大の失敗はね、われわれを根絶やしにできなかったことだ、と。チッソを許してしまうことになる、という批判はありますよ。直接言う人はいないけど。だけどね、これは実川さんにもまえから言ってるけど、「俺もチッソだ」ということを認めないと、日本全体がチッソ化してきたと言わざるをえないわけで、その構造のなかにいた人、会社のなかにいた人だけがチッソだったんじゃなくて、オールチッソだったんだと。それこそゴミの問題を考えても、はっきりしてるよ。本当はそれを認める宣言を出すようなことはできないかな、と思ってるんだけど。まえから思ってて、チッソにも共同宣言文を出しませんかということを言ったのですが、だけどやはり「できない」って。

田口　……だけどやっぱり、人間にはあるんですよ、何か蓋がはずれるときも。やったほうもやられたほうも、〝人〟というものに立ち戻ることができたら、お互い救われる。

緒方　だから、俺も、狂いを抜けて出てきた言葉のなかに、「俺は人間ぞ！」と叫んだわけ。そういう言葉が出てきたことはそれまではなかった。世の中の多くの人に、その一言を言ってほしいんですね。いろんな人に自分が人間であることを気づいてほしいし、自分自身に宣言してほしい。

田口　いい人間じゃなくていい。ただの人間。

緒方　患者やチッソの人にも気づいてほしいというのは当然ありますよね。立場みたいなものを捨ててもいいんじゃないかなと思うのよ。捨てるというか、あるいは気づく人が誰でもいいからね。まえは、俺たちの先入観のなかに、とりわけ役所の人やチッソの人はどうしようもない、変わることはないだろう、というような思い込みがあると思うのよ。それを捨てる。いずれは世代が変わっていくわけじゃないですか、水俣の人たちだって。世代が変わるというのは大きな要素だと思うの、どうしても。壁や溝を越えていくとき、かつての関係を超えていくときに。もう職業とか場所とか、立場みたいなものは、あんまり意味をなさないんじゃないかな、と。「患者だから」というのも、あんまり俺は比重を置いていないんですよ。むしろそれに依存しているような感じがするの。俺のなかに関心があるのは、その人が水俣病だからじゃなくて、その人がどういう人生を生き抜いてきたか、闘ってきたか、格闘してきたかということ。それに感動したり惹かれたりする。

霊性に立つ

緒方　（写真家や作家は）みんな一人の表現者じゃない？　だから自由度が大きいんだと思う。だからできるのであって、マスコミと比べるとすごくようわかるの。新聞社とかテレビ局とか組織のなかにいたら言えないから。俺なんかもね、一人で抜けたから言えるのよ。組織のなかにいたら追い出されるかつぶされるか、予想した時点で言えないですよ。

　実は、制度的な国という単位のなかに収まっている自分と、本当の意味での自分の国、山河のなかにつながれている自分の間で、俺たちは右往左往しているんだと思うんですよ。どちらも日本だけれど、制度国家と故郷に分断されている。この二つの世界の矛盾のなかで引き裂かれているでしょう？　みんなが、と言ってもいいくらい。俺は気持ちのなかで前者を捨てた。捨てて、後者だけに信を置くと言い切っちゃったわけです。

　山河不知火を祖国と、祖国を守りたいんだと、俺はこげん言ってるんですよ。今、この、あると思われている制度社会は現住所だと、本籍は山河のほうにあるんだと、命の国はこっちにあるんだと。便宜的に現住所と本籍という関係でとらえているんだ、と。こっちを否定はしないけれども、本籍はこっちだよと言ってるわけです。

田口　緒方さんは、所有ということは、どういうふうに考えていらっしゃるんですか?

緒方　所有は「できない」んですね。所有すれば管理責任が当然出るはずですよね。そしたら、土地より長く生きなきゃならんですね。それができないから譲っていくんだろうけども。なんちゅうのかね。

　こんなのは、若いときからあるんですよ。いろいろな課題をもつまえから、所有に関しては。なんでかな。人間の横着さみたいなものを感じるんですね。所有してそのあげく金で売っぱらったりなんかするわけでしょ。

田口　所有すると、居心地が悪い?

緒方　居心地が悪いというんじゃなくて……。だいたいここは海の領域なんですよ。実際、潮が満ちると山のほうまで水がいく。海の生命の記憶ということで言ってるんだけども、ここの土の何メートルか下ではまだまだそれが行われているんですね。所有性について考えたから気づいたんだけども。生き物として海に自分がおらせてもらうというか、いさせてもらってるだけだと思う。これまで何回も国から払い下げる形をとってとか、ほとんどの人が役所から借りた形をとったりしてる。俺はいっさいそういうことをしない。もう宣言している。

　やっぱり長い間、銭信仰だったと思うですね。俺は、ときどき札を財布にさかさまに入れたりして（笑）、抗っているんでしょうね。もちろん実際には、生活のなかで金を使うわけだけども、海から魚《いお》をとってきて、市場で金に換算されるときにものすごく嫌です。抵抗感がある。魚《いお》を商品化してしまったときに嫌です。一週間なら一週間、二週間なら二週間よく魚《いお》が漁れて稼いだとするでしょう？　思わずニターッとしてる自分なんか鏡で見たりすると、なお嫌だけどね。

　漁ってきて自分で酒の肴とかで飲んだり食ったりするときには、そういう嫌さはほとんど感じないんだけども。金に置き換えるというか、「価値変換」を嫌ってるんだと思う。なんらかの価値が別のものに置き換えられることに抵抗感がある。わかんないけど。

　狂っているときに、「なぜ人は金で落ちるんだろう？」というのは、いちばん考えたひとつですね。金の支配する世の中に一緒にいたくない、という感じがあって、べつの空間に行きたいと思った。そのときにロケットを打ち上げて、自分が逃げ出したい、引き裂かれるような感覚がものすごくあるわけですよね。それで、紙幣とか金という今の問題じゃなくて、銭の歴史を考えてみるわけです。ずっと振り返っていくと、めずらしい貝とか、石をくりぬいたものとか、金のもとみたいなもの、あるいは物々交換とか、そういう歴史を辿って今、金が支配する世の中があるわけですよね。最初は、知恵として本来は編み出されたいきさつをもっていたと思う。今の自分はここだけしか否定していないわけですよね。だから、狂いながら、金のはじまりはどういうことだったんだろうか、って繰り返し考えた。そうすると金というものが知恵として編み出されてきた歴史を考えさせられたりした。

田口　中沢新一さんが『緑の資本論』という本を書いていて、そのなかで、お金という人間が発明したものは言葉と同じように重要な道具なんだけれども、お金が暴走しはじめたきっかけは、利子というものを設定したということを言っている。つまり、お金は生命じゃないのに、お金がお金を産むということを設定してしまった時点で初めて資本主義が生まれてお金が暴走しはじめた、という……。

緒方　それは説得力があるですね。

田口　考えてみたら、お金がお金を産むって妙ですよね。

緒方　私の親父は亡くなるときには、札束で枕ができるくらい持っていたんですよ。網元だったから、銭は持ってたし、贅沢はしないけれども、金はあったんですよ。稼いだ金で田んぼや山を買ってたんで。

　私のショックのひとつは、金があっても人は救われないということ。七転八倒して、病室で狂いまわってて、金があってもどうしようもない、役に立たん。

　昔、知能の発達の遅い、ほとんど字も書けない、いわゆる知恵遅れの、今で言えば十七、八歳の子が二人いて、親父が死んで二、三年経ったころ、兄貴が諏訪神社の祭りに遊びに行ってこんかって言って、たしか小遣い千円を渡したわけ。二人で一枚の千円札を俺が渡した、「兄貴が分けろって言ってたぞぉ」って。俺が小学校三年生くらいのときだったかな。そしたら、薄暗い階段の下で、「どげんしようか。どげんしようか」と相談していて、悩んだ末に破って二人で分けてたんですよ。これが、金のことを考えていくときに、非常によいヒントだったんですよ。それが、「分ける」ということだったんですね。俺が家族に「シズオとシゲトが、銭ばひっきゃぶった」と言ったわけ。そしたら、みんな笑うわけですよ「ばかんことして」って。俺はちょうど両方見える位置にいて、敷居にまたがっとった。なんで笑うんだろうか？　と思った記憶があるんですよ。金のことを考えるときに、そのことを思い出した。本当に笑えるのか、と。だって、それは「金に支配されていない」という証拠じゃないですか。金の価値がわかってないから、というのはそれはそうだろうけれども、支配されてないということを物語っている。

田口　支配……。

緒方　俺が、狂ってるときに、似たようなことがあったんです。狂ってるときはものすごく冴えている。そういうときは会話ができるくらい、仏壇と気持ちが通じるような感じになった。ふつう私たちは物というのは固定的に見てしまって、ここから何かが出ているとは日常的にはほとんど感じないでしょう。ところが実は、ここにあるいろんな物は全部歴史をもっている。ここに来たこと自体がドラマをもっているわけですよ。関係性をもっているわけですよ、すべてが。そういう膨大な関係性のなかに自分がいるということが、まるで諭されるように頭に入ってくるんですよ。

　沖縄の人が非常に霊感が強いというのは、本来、人は霊感が強かったんだと思う。おそらく、現代化するほど退化してきたんだと思う。霊的と言うとね、胡散臭い雰囲気をもたれるかもしれないけど、俺は違うと思うよ。

二〇〇五年十一月二十四日　熊本県葦北郡芦北町・緒方邸にて

第四章

水俣の祈り　ユージン・スミス

——ユージン・スミスと水俣

ユージン・スミス

一九一八年にアメリカ合衆国カンザス州ウィチタに生まれる。雑誌『LIFE』を中心に数多くの優れたフォトエッセイを発表した、写真史上もっとも偉大なフォトジャーナリストのひとり。七五年に発表した写真集『水俣』（アイリーン・美緒子・スミスと共著）で、世界に水俣病の現実を知らしめた。一九七八年没。

二〇二一年、ジョニー・デップによって制作された映画『MINAMATA』が公開となった。主人公は世界的な写真家ユージン・スミス。報道写真家として『LIFE』誌で活躍したユージンは、写真表現の可能性を追求すべく『LIFE』と決別。水俣を題材にした写真集で、写真芸術の領域を切り拓いた。ユージン・スミスの写真は『LIFE』に大きく掲載され、水俣病事件を世界に知らしめると同時に、絵画のような独自の写真表現で観る者を魅了した。なぜユージン・スミスは水俣を題材にしたのか？　ユージン・スミスの写真は社会にどのような影響を与えたのだろうか、そして今後も与え続けるのだろうか。

ユージン・スミスと水俣

水俣病事件は、九州の小さな漁村に多くの表現者を引き寄せた。

水俣に興味をもった表現者たちは、魅入られたように水俣を題材にして作品を創作した。石牟礼道子の文学作品を筆頭に、映画監督、写真家によって優れた芸術が水俣から生まれ社会を動かしてきた。特に、ユージン・スミスが発表した写真集『MINAMATA』は全世界に衝撃を与えた。彼によって「ミナマタ」は地球規模で環境汚染、公害被害の象徴となった。

だから、逆に、私はユージン・スミスの写真を避けていたと思う。

水俣を歩いていると、ユージン・スミスの噂を聞くことがあった。酒ばかり飲んでいたこと。気さくな人だったこと。まるでアルコール依存症の漁師を語るように、二十世紀の偉大な写真家が語られていた。風変わりな人物であったらしい。それまでユージンを人道主義者、ヒューマニストだと思いこんでいた私は、水俣で語りつがれる彼の破天荒な人となりに興味を抱くのだが、その裡《うち》なる声もまた無視してしまう。

いまさら、と思ったのだ。

もう多くの作家がユージン・スミスを論じ、分析し、いまさら発見すべきことなど残っていないだろう、と。

総合ビジュアル誌『風の旅人』の編集長の佐伯剛氏と東京で打ち合わせをした時に、たまたまユージン・スミスの話になった。この雑誌に連載をしていたので、佐伯さんとはよく会っていた。佐伯さんは、森永純という写真家のドブ河を撮った写真を次号の特集に使うつもりだと語った。そして、森永氏がかつてユージン・スミスのアシスタントであり、ユージンと深い親交があったこと、また、ユージンが森永氏のドブ河の写真を見て、彼をアシスタントに選んだのだ、という話をしてくれた。

写真家・森永純は寡作の人だ。生涯で二冊の写真集しか出していない。森永の代表作である写真集『河—累影』は、その芸術性において評論家から高い評価を受けている。題材はドブ河。森永は二十代からずっとヘドロで汚れた〝ドブ河〟の川面を撮り続けてきた。

「ユージン・スミスは森永さんのドブ河の写真に何を感じたんでしょうね？」

「それが……、ユージンはドブ河の写真を見た時に泣いたと言うんです。どうも、写真から原爆を想像したらしいです」

「原爆を？」

当時、原爆を題材に作品を執筆していた私は、この話に興味をもった。

自宅に戻ってユージン・スミスに関する本を検索してみた。資料は驚くほど少なかった。この写真家は謎が多い。どんな人生を歩んで、なぜ水俣に行き着いたのか知りたくなった。写真ではなく写真家に興味を持ったのだ。

夜に、佐伯さんからメールが届いた。

「昼間の話で言いそびれたことを補足させて下さい。森永純さんのドブ河の写真を見た時、ユージン・スミスは、直感で、森永さんの写真に原爆のイメージを重ね合わせていたんです。

その時点で、森永さんの生まれ育ちの背景は知らなかった。一緒に日本を旅している時にユージンから出身地を聞かれた森永さんは、とくに深い考えもなく、長崎です、と答えた。すると、ユージンの顔色が変わって『やっぱりそうじゃないか』と一人で興奮していたそうです。

森永さんは、自分では原爆のことをまったく意識せずにドブ河の写真を撮り続けていたのですが、ユージンが自分の出身地を聞いて興奮するので、妙な気がしたと言っていました。

ユージンは、まだ二十四歳の森永さんの写真を見て、そこに原爆のイメージを直感したのでしょうね。

森永さんは、原爆のことなんか、まったく意識なんかしていなかったと言っていましたが、物質文明の極限的世界のなかで、けっきょく、ドブ河と波しか撮らなかったのも、森永さんが口にしていた、原爆投下後に自分の家に戻った時に見た、白い廃墟の映像が、ずっと心の中に潜み続けていたからかもしれません」

すでに写真家としては大御所だったユージン・スミスと、日本の無名の写真家には、なにか共鳴するものがあったのだ。それでお互いに魅かれ合った。ユージン・スミスには、森永純の原爆に匹敵するような記憶があるのか。なぜ彼は森永の写真を見て泣いたのだろうか？

こうして、もうこの世にはいないユージン・スミスを探す旅が始まった。

報道とは何か？

ユージン・スミスは一九一八年にアメリカのカンザス州に生まれた。父親のウィリアム・ヘンリー・スミスは小麦の売買を行う商人。とても裕福な家庭だったらしい。

ユージンが写真家になったのは母親の影響だ。母のネイティ・スミスは写真家志望の少女だった。母親は幼い息子に夢を託した。ユージンの写真撮影や現像の技術は母親仕込み。そして、ネイティの母親、つまりユージンの母方の祖母は、アメリカ先住民のポタワトミ族だった。

ユージンのなかにアメリカ先住民の血が流れていたのだ。

先住民族の精神性について、長いこと取材をしてきた私はこの事実に興奮した。

やっぱり、ユージン・スミスにはシャーマニックな部分があったのだ、と。

世界中の少数民族を訪ね、実際に彼らと会って交流してきた。なぜ彼らは、変性意識状態で様々なビジョンを見て創作活動を行うのか。自然界の精霊と交信し、動物と会話し、時には雨まで降らせるのか。彼らのシャーマニズムに強い関心を持ち、その自然観や思想に触れたかった。

そして、はからずも水俣で出会った漁師たちに、アイヌや琉球民族と似た思想、自然観を見つけて強く魅かれた。水俣文学を築いた作家、石牟礼道子の文章は見事に水俣の人々の感受性を表現している。実際に水俣に来て思った。石牟礼道子は『苦海浄土』をフィクションだと言ったが、目に見えない魂の領域を描くにはなにかしらの「嘘」が必要なのだと。そうでなければ、この神話的な世界観を到底描けない。

十六歳の頃からユージンは写真家として働く。地元紙に写真を持ち込み、認められ掲載されるようになる。写真が売れてお金を貰えることは喜びだった。だが、報道に対してユージンが疑問を持つきっかけとなった事件が起きる。

ユージンの父親の会社が倒産し、自殺したのだ。その「事件」は地元の新聞に興味本位で報道された。事実と異なる報道にユージンはショックを受けた。大切な家族の死がゴシップとして消費されていく。報道とは何か？　父親の死をきっかけにして、ユージンは本格的にジャーナリズムの勉強を始める。

「写真は見たままの現実を写しとるものだと信じられているが、そうした私たちの信念につけ込んで写真は平気でウソをつくということに気づかねばならない」

ユージン・スミス

（『ユージン・スミス写真集：１９３４－１９７５』岩波書店より）

彼は新聞社に写真を売ってお金を得ていたが、父親の自殺によって写真報道の在り方を追求するようになった。写真家にはどういう姿勢が必要なのかを、自身が報道被害者となって考えた。真実を報道しなければならない、と。

一九三九年、第二次世界大戦勃発。四三年にユージンは戦場カメラマンとして南太平洋の激戦地に向かう。

そこでは、アメリカ軍に追いつめられた日本軍が悲壮な戦いを繰り広げていた。サイパン、フィリピン、硫黄島、沖縄。圧倒的な軍事力で日本を攻めていくアメリカ。もはや勝ち目がないと知ると、日本兵たちは次々と自決していった。捕虜になるくらいなら死ね、そう教え込まれている日本兵たちはアメリカ軍の説得も聞かず、ユージンの眼前で自爆した。お互いに殺し合う者もあった。武器を持たぬ者は崖の上から「天皇陛下万歳」と叫び身を投げた。真っ青な海に向かって、物体のように落下していく日本兵をカメラで追いながら、ユージンは激しく動揺した。なぜ彼らはあんなにも簡単に自らの命を国家に投げ出すのか。敗戦の色濃くなった激戦地で、日本兵は自爆していく。

終戦間近の沖縄戦で、ユージンは一人のアメリカ兵の戦場での生活を追った。暑さと湿度。夏の沖縄戦は地獄だった。日本兵は捨て身で反撃してくる。被写体と共に戦場にいたユージンの目の前に日本軍の砲弾が落ちた。爆発の破片がユージンの左腕から背中に突き刺さった。顔前にかまえていたカメラは砕け散りレンズのガラス片は眼球を直撃。救出され一命はとりとめたものの、傷は深かった。破片は彼の肉体の奥深くまで食い込み、じくじくと嘖《さいな》み、ユージンを生涯苦しめた。彼が死ぬまでに受けた手術は三十二回。それでも痛みが消えることはなかった。

もう二度と写真の仕事はできないかもしれない。

負傷したユージン・スミスが絶望的な療養生活を送っていた時期に、ユージン・スミスの転換点となる作品、「楽園へのあゆみ」は撮影された。

幼い子どもたちが庭で遊ぶ光景をベッドから見ていた時に、ふいに「撮れ」という啓示が訪れた。彼は激痛の中でシャッターを切った。

後に「楽園へのあゆみ」はフォード社の広告写真として採用され、写真家への復帰となる記念すべき作品となった。

「暗いところから明るいところへ、まさにあゆみだそうとしている子どもたちの写真は、ユージンとおなじように、戦争のいやな思い出をわすれることができずにいた人たちに、明るい未来を感じさせせました」

（土方正志『ユージン・スミス　楽園へのあゆみ』偕成社より）

この写真のタイトル「楽園へのあゆみ」は、ユージンが大好きだった作曲家、フレデリック・

ディーリアスのオペラ『村のロミオとジュリエット』のなかの間奏曲のタイトルからとったそうだ。間奏曲『楽園へのあゆみ』はオペラの登場人物の二人が、もう戻れない幼き日の楽園へと向かっていく場面に流れる叙情的な音楽だ。

ディーリアスはイギリス生まれの音楽家。季節感のあるややダウナーな曲を数多く作った。二十六歳のときにパリに移り、死ぬまでパリで活躍する。だが、彼の晩年は悲惨なものだった。三十四歳の時に梅毒が発覚。病状は次第に悪化し五十代後半には全身麻痺が広がり失明する。だが彼は視力を失ったことで、別のリアリティを獲得した。見ることのできない自然の美を讃え、その恵みに深い畏怖と感謝の気持ちを作品に託したのだ。

『楽園へのあゆみ』（一九一一－一二）は、ディーリアスが梅毒に冒されていることを知った頃に創作された曲だ。彼の代表作の一つであり、力強く美しいが、深い悲しみが秘められている。

ユージン・スミスがディーリアスについてどれほどの知識があったかはわからない。だが、あえてこのタイトルを選んだのなら、そこには視力を失った作曲家へのシンパシーがあったと思われる。

「ユージンの鼻の骨は、砲弾によってすっかりうしなわれていました。そればかりではなく、上あごもくだけていたので、口のなかと鼻の穴がつながってしまい、医療用の接着剤でその穴をふさいでいました。歯も入れ歯だったので、やわらかい食べものしか食べられませんでした。また、日本家屋にあがるときにも、ぜったいに靴をぬぎません。背骨がきずついていたために、特別製の靴をぬいでしまうと、きちんと歩くことができなかったのです。撮影中につらくなると、靴をぬぎすてて足をマッサージすることもありました。とつぜんけいれんにおそわれて苦しむこともありました。

お酒の量もたいへんなものでした。暗室作業にはいると、朝からずっと湯のみ茶碗にウィスキーを入れて飲んでいます。ウィスキーは、サントリー・レッドがお気に入りでした。その調子で一日じゅう飲みつづけ、一日一本くらいは、かるく飲みほしていました。それでもまったく酔っぱらったそぶりはみせず、けろりとしているのです。

薬もたくさん飲みつづけていました。アメリカでは、傷の痛みをとめるために、お医者さんから強い薬をもらって服用していましたが、当時の日本ではその薬が手にはいりません。アメリカ大使館やアメリカ軍基地のお医者さんにたのんで、やっと手に入れていました。この話が外にもれて、『ユージン・スミスは違法な麻薬に手をだしている』といううわさが流れました」

（土方正志『ユージン・スミス　楽園へのあゆみ』偕成社より）

ユージン・スミスと日本

なぜ、ユージン・スミスは彼の健康な肉体を奪った日本の地に、もう一度やって来たのか。日本の何に興味を持ったのだろう。私は、写真の歴史に詳しい佐伯さんに再びその疑問をぶつけてみた。すると意外な答えが返って来た。

「彼は一九六一年に再び日本に来るわけなんですが、それは、日本の日立製作所のパンフレットの写真を撮るためなんですよ。当時、彼は仕事がなかったんだと思うんです。というのも、写真の掲載をめぐって『LIFE』という有名な雑誌と喧嘩をして袂《たもと》を分かつんです」

「それは、どういう理由で？」

「今でこそ写真は芸術として認められ、個展が開催され、額に入れて売られたりもしますが、当時はまだ写真は芸術として現代ほど認められてはいなかったんです。報道写真が主流で、写真家は出版社や編集者に従属する存在でした。素材を渡してくれればいい、という扱い。ネガを切られて勝手にトリミングされたりすることもあったんです。ユージン・スミスはそういうことに耐えられなかったんでしょう。自分の表現を大事にしたかったんだと思うんです」

「それで、版元と喧嘩をして、仕事を干された？」

「彼は当時、『LIFE』の代表的な写真家でしたから、彼にしたら大変に大きなリスクを負う決断だったと思いますよ。でも彼はそのリスクを覚悟で自分の表現を貫こうとしたんでしょう。そんな時に、日本の日立製作所の仕事が舞い込んできた」

「なるほど、では日本に興味があったというよりも、仕事で来ざるを得なかった？」

「いや、両方ではないでしょうか。ユージンは、太平洋戦争時、お国のために自らの命を捧げることに躊躇しない日本兵に対して、驚き、なぜそんなことができてしまうのか、ずっと疑問を持ち続けていた。そして、日立の仕事のために来日して、企業に忠誠を尽くすモーレツサラリーマンたちを見た時、とっくに戦争は終わっているのに、戦争中と変わらないものを感じたわけです。彼は、この日本人の精神の特殊性の背景を知る必要があると考えて、日本各地を取材することを日立側に要望しました。しかし日立側は会社案内が必要だったので、ユージンが求める取材の費用や時間は無駄だと判断したのでしょうね。なのでユージンは、日立側から許可を受けずに、日本を旅して撮影を続けるのです。その時のアシスタントの一人が森永さんで、森永さんから、そのいきさつを聞きました」

「森永さんは、どういう役割をしたんですか？」

「アシスタントは暗室でプリントをする、焼きと言うんですが、欧米の写真家はプリント作業はプリンティング・ディレクターにまかせる場合が多いんです。もちろん、自分でもプリントしますが、なにしろ膨大な量のプリントをするし、日本と違い分業で仕事をすることが多いです。だから、森永さんは、ユージン・スミスにめちゃくちゃ鍛えられたと言っていました」

　雑誌『風の旅人』に掲載された、日立製作所の写真を見た。それは、すばらしく〝かっこいい〟写真だった。この写真を見せられた当時の日本人は、驚愕したろう。日本にはなかった写真のスタイル。白と黒のコントラストが美しく、スタイリッシュだ。

「ユージン・スミスが日立製作所の仕事で描いた日本人は、すごく生き生きとしていますね」

「欧米では工場の企業側と労働者は敵対関係にあることが多い。でも、日本の組織と個人の関係は違うわけです。そこが彼には興味深かったのでしょう」

「ところで、佐伯さんはユージンの水俣の写真をご自身が編集する雑誌には掲載していませんよね？　掲載したのは日立の写真です。なぜ、ユージンの代表作である水俣の写真を掲載しなかったのですか？」

「うーん、それはですね。水俣の特集では、ユージン・スミスの写真は使わずに桑原史成さんの写真を使わせてもらいました。ユージン・スミスの作品はご存知の通り、絵画的なんです。ユージンの写真は、魅惑的で見る者は作品の中に引っ張り込まれていく。日立の写真はそれでよかった。巨大な歯車の中で働く人たちを一つの象徴として捉え、高度経済成長の時代感と日本人の気質がよく表現されています。しかし、自分の雑誌づくりのスタンスから言って、水俣というテーマを絵画的に見せることには躊躇がありました。桑原さんの写真は、もちろん作家の個性も出ていますが、より水俣の人々の素顔が感じられたので、こちらを選びました」

佐伯さんの話から、だんだんとユージン・スミスの人となりが見えてきた。

ユージンは報道写真家として仕事を始めた。写真という媒体が持つ特性から言っても写真は報道に向いている。客観的な事実を読者にありのままに伝えられる。彼は被写体を追いかけ、天性の直感でシャッターチャンスを摑み、報道写真家としての地位を築いていった。

でも、父親の自殺報道によってマスコミに対する疑問を持っていたユージンは、自分の写真が編集者にトリミングされ、真実の瞬間から切り離されることを拒んだ。ユージンは自分の真実に忠実であろうとした。その結果、彼は当時、最も脚光を浴びていた雑誌『LIFE』と決裂し、作品を追求する道を選んだ。自分の内面を表現しようとする、新しいタイプの写真家だったのだ。

仕事の依頼で日本にやって来たユージン・スミスは、日本とは何かを探す旅に出る。真に日本人を理解しなければ日本の企業で働く人々を撮れない、彼は表現に対してどこまでも誠実であろうとした。そして、日立製作所という巨大企業の中で働く人々を通して、欧米人とは異なる日本の風土やメンタリティを描いた。

ユージン・スミスの写真は特徴的だ。

計算された構図と陰影。黒と白の強烈なコントラスト。

写真というよりも、まるで絵画。そうレンブラントの絵みたいだ。そこには作者の明確な意図がある。正直に言えば、あざとさを感じてしまうほどに雄弁な写真。

たとえば、チッソ水俣工場の排水管から廃液が流れる様を撮影した「排水管からたれながされる死」は巨大な排水管とほとばしる廃液に圧倒される。すごい迫力だ。この写真から、加害企業の肥大した権力や暴力性はたやすく連想できる。でも、この人の写真は、わかりやすいから、逆に危うい。この写真も、撮影した当時は毒となる廃液は含まれていなかったと指摘されている。つまり、この配水管は〝シンボル〟なのだ。

では、この写真は本当か、嘘か？

写真はある「瞬間」を切り取るが、私たちの現実は決して止まることのない変化の中で生じてくる砂漠の風紋のようなものだ。一瞬を切り取ってそこに意味づけをすれば、変化が持っていた全体性は失われる。それでも、ユージン・スミスは客観性を追求する報道写真ではなく、自身の感受性で受け止めた世界を表現する道を選んだ。

　ユージン・スミスは悩んだに違いない。

　ありのままを表現したい。しかし、ありのままを表現するとはどういうことか。そもそも人間は、ありのままを表現できるのか。自分が感じたことしか表現できないのではないか。だから、本当に自分が感じたままを表現しようとしたら、それはフィクションにならざるを得ないのではないか？

　彼の表現は、彼の感性の追求になり、どんどん絵画的になっていった。
何度も何度もプリントを繰り返し、納得がいく写真を創り上げていった。
どのような被写体を撮ろうと、彼の表現方法は一貫していた。表現が主観に傾けば傾くほど、客観性からは離れていく。

　リアリティとは、なにか？
これは、すべての表現者にとっての切実な課題だ。

水俣へ

一九七一年、ユージン・スミスは水俣にやって来る。
日本の九州地方の小さな漁村で公害病が発生し、訴訟が起きている。その噂を聞いて水俣に興味をもち、水俣に三年間、滞在しながら作品を撮る。

水俣は不思議な場所だ。一度でも行ったことがある人なら、たぶんなにかを感じるはずだ。ある人は土着の力と言い、ある人は縄文のスピリットと言う。水俣といっても広い。背後には広大な山林がひかえる。この森が豊かな不知火湾の漁場を育んできた。いくつもの水源地があり、海中にまで水が湧く水の聖地。縄文遺跡も多数出土しており、数千年も前からこの地に人間が生活してきた。そのような場所に日本の高度成長期を支えたチッソの工場が建った。

水俣病は主に不知火湾で半農半漁の生活を営む人びとの身体を侵した。プラスチック製造のために必要不可欠なアセトアルデヒド、その製造過程において無機水銀が有機水銀に化学変化する。この有機水銀が水俣病の原因物質であり、廃液として大量に海に排出され海水を汚染した。そこに棲む魚を汚染し、その魚を食べる鳥、猫、そして人間を汚染した。有機水銀は神経を侵すため、その症状は人によって差があり、痙攣、頭痛、視野狭さく、痺れ、耳鳴り等、本人にしかわからない苦痛を強いる。

被害者、加害者、研究者、医者、行政者、支援者、さまざまな立ち場の人たちが水俣に関わり、ある者は消え、ある者は移り住む。水俣をめぐる人間模様は、現代の曼荼羅《まんだら》。

「水俣には自分がこれまで追ってきたテーマのすべてがある」ユージンはそう語っていたそうだ。だがたぶん、ユージンを水俣に惹きつけたものは、事件性だけではない。水俣病を病む患者たちの生き方、その精神のありように、ユージンは惹かれたと思う。ユージンのなかに流れるインディアンの祖母の血が、水俣の患者たちと呼応した、そう思えてならない。

　ユージンが水俣病を撮った数多くの写真のなかでも、とりわけ印象的な写真。それは、胎児性水俣病として生まれた少女を、母親が入浴させている写真「入浴する智子と母」だ。

　初めてこの写真を見た時、写真に魅入られた。そう……魅入られたという表現がいちばんしっくりくる。美しいし、語弊はあるがあえて言えばエロチックだった。

　薄暗い風呂場にさし込む薄明かり。浴槽のなかに浮かび上がる白い肌。まるで羊水のなかに浮かんでいる儚い命。七〇年代の田舎のことである。当時の女性にとって、入浴の場面を写真に撮られることにはかなり強い抵抗があっただろう。だが、アメリカからやってきた一人のカメラマンになぜ母親は撮影を許したのか。

　彼の写真を前に私はいつも戸惑う。なんだか、見てはいけないものを見せられた気分になるのだ。

この写真はユージンが水俣に移住した一九七一年に撮影された。代表的作品としてさまざまなメディアで使用されたが、少女の遺族である両親からの要望により、一九九八年以降、この写真の使用は許諾されていなかった。写真関係者の間からは、この写真が封印されたことに対する「遺憾」の言葉を聞いた。

確かにこの作品の芸術性はとても高い。

だが、被写体となる人間が存在する写真において、最も困難な課題は被写体との距離の取り方である。この封印は、ユージン・スミスを知る上でとても大きなヒントとなった。

ユージンは、彼の生い立ち、痛みを抱えた身体、そしてネイティブ・アメリカンの祖母の血、そのすべてにおいて水俣の人々に受け入れられたと思う。水俣病の被害者は、彼に同じ痛みを見たはずだ。そして、ユージンもまた一人の人間として彼らと対峙した。だから信頼された。そのような人間関係があって、入浴シーンは許可されたのだ。奇跡的に。

私はユージン・スミスの人間性を信じるし尊敬する。同時に、彼の表現者としての才能も確信する。優れた表現者は、表現する瞬間には「予感」しかない。いつ、どんなふうにシャッターを切ればいいのかは、すでにわかっている。そして、その瞬間が来たら、「撮れ」という啓示に従うしかないのだ。

精神医学の分野で、クライン派と呼ばれる人々が面白いことを言っている。

人間の思考は二つの傾向に分類できる。妄想傾向と抑うつ傾向である。妄想傾向にある人は、善悪や白黒がはっきりとしている。断定的で自分の信じたことを絶対と思う。妄想傾向から抑うつ傾向にはグラデーションがある。抑うつ傾向に向かうにつれて、世の中には良いと思っても悪いこともあり、物事にはいろいろな側面があり単純には判断できないと感じるようになる。どうやらありのままの世界を見ようとすると、人間は、抑うつ的になるらしい。

ユージン・スミスの写真ははっきりしたコントラストが特徴なのに、見ていると抑うつ的になる。彼は妄想傾向と抑うつ傾向の間を行ったり来たりしているように見える。その両方を同時に持っており、時としてそれは激しく引き裂かれ、時としてそれは統合される。

彼は抑うつ的に世界を観ている。物事は単純には判断できないことはわかっている。そう、世の中はわからないことだらけだ。だが、写真を撮る瞬間だけは、白か黒かがはっきりする。どう撮ればいいのかがわかる。何を目指しているのか考える必要もない。その時には痛みも遠のく。やるべき事は明確だ。どのようにプリントすればいいのかは自明である。周りの人間にはそれが見えない。なので時として怒鳴り散らす。何枚でも、納得のいくプリントが上がるまで、焼き続けさせる。

「入浴する智子と母」も、そのように創作された作品だろうと推測する。

「人間はだれでも、なんらかの偏見におちいることをまぬがれえない。すべての人間が自分のなかに偏見をかかえて、それなのにそれを真実だと信じて生きている。ぼく自身も偏見にとらえられながら人生をおくり、写真を撮ってきた。でもせめて、人間は自分たちの偏見を正し、真実に近づこうと努力しなければならない」

（一九七一年ニューヨークのユダヤ美術館における写真展のタイトルに添えられた言葉
土方正志『ユージン・スミス　楽園へのあゆみ』偕成社より）

表現か人命か？

三年にわたる水俣滞在の後、ユージンはアメリカに戻る。身体の状態はひどく悪化していた。視力も衰え、一時期は失明も危惧された。

一九七八年、ドラッグストアで買い物中に、脳溢血の発作で倒れる。意識不明のまま病院に運ばれ、そのまま息を引き取った。倒れる二日前、別れた妻に「もう一度結婚しよう」という電話をかけていたそうだ。

この原稿を書いている途中、佐伯氏から、森永純氏のドブ河の写真を掲載した雑誌と、ユージン・スミスが森永氏の写真に寄せた文章のコピーが送られてきた。

「森永純さんの写真集に寄せた、ユージン・スミスの文章をお送りします。ランディさんが原爆を言葉で表現することに葛藤していた時があって、たしか、恵比寿あたりで飲んだ時だったと思うのですが……。それで、私が、森永さんのドブ河の写真の話を伝えたことを思いだしました」

森永純の遺したドブ河の写真を見た。

なぜ、この写真が「原爆」なのか、わかった。

それは、私がこれまで見たどのような原爆後の風景よりも「原爆」だった。

この世界に排除されるべきものなど何もない。残虐はどこにでもあり、それを抑圧し無視しているから肥大するのだ。ほら、このドブ河を見よ。この汚れた世界、繁栄の陰で崩壊した世界を見よ。豊かな世界が作り出した汚れた世界を見よ。

そう、この写真が告げている気がした。

この写真を観て、ユージン・スミスは泣いたのだ。水俣と出会う十年も前に。

「もしも鑑賞者が森永純独特の稀有な芸術的領域に旅するに価すると思うなら、自らの心の伽を解き、こだわりなく彼の写真に心を委ねなければならない。それは努力に価するひとつの経験である。（中略）なぜなら森永の写真は、われわれにイメージの中のイメージを、意味の中の意味を語ろうとする。そしてそれらのイメージや意味は、写真をめくるだけでまさしくわれわれの眼前で変化する。われわれの見たところのものはまた、われわれの精神状態、われわれが幸せであるか悲しみの中にあるか、孤独であるかそうでないか、酔っているか醒めているか、そのときわれわれが愛に満ちているか憎しみあっているか、そういうわれわれの心的条件の変化とともに変化するのである。森永の写真のいずれもが個人的な体験であり、ともに美しさと苦痛に満ちている。もしも鑑賞者がそれらにあらがおうとするならば、いかなる経験もむなしくするであろう」

ユージン・スミス（森永純『河―累影』邑元舎より）

文章から、ユージン・スミスの衝撃が伝わってくる。

森永の写真が放つ「イメージの中のイメージ」「意味の中の意味」、森永純の記憶の底から汲み出された「原爆」を、彼はあらがうことなく体験し、泣いたのだ。

とうの森永は、まったく無自覚に原爆のビジョンを、ドブ河の写真のなかに封じ込めていた。ユージンは、そんな森永の無自覚さにも驚いたのだろう。このように続けている。

「あえて、私がこういうことをいうのは、彼は表現していながら、それを自覚しているとは信じられないある領域があるからだ。それは原爆に関してのことである。そのようなミステリーはあくまでもあなた自身が解答を出すべきであり、さもなければ、あなた自身を全く煩わせるべきではない」

ユージンの助言通り、森永は生涯、無自覚のままに写真を撮り続けた。そういう希有な写真家だった。ただ黙々と、ドブ河の川面を撮り続け、次には海の波を撮り続けた。自分が何のためにそれを撮るのかを追求しなかった。憑かれたように撮り続けた。撮る者と撮られるものは一体になっていた。森永という個人の自我は一切、写真に現われない。自然との完全な統合。実にシャーマニックで日本的な表現の手法だと思う。

ユージン・スミスは、違う。彼は醒めており、思考し、判断していた。それはたぶん、彼がアメリカ人であったことと無関係ではない。客観的に対象を観察する。そして、意識的に被写体へ接近する。

時として、写真家の客観性は、非人道的だと批難の的となる。

人間を、単なる被写体として扱っている……と。

表現か人命か？　それは報道写真の世界で度々議論されてきたテーマだ。

ユージン・スミスは葛藤したろう。撮影する相手にどこまで踏み込むべきか。相手が人間であることは痛いほどわかっている。彼らの苦悩を表現したいと思う。同時にユージンには、自信があった。どう現像すれば、この写真がより魅惑的な作品になるか……、も直感的に知っていた。

表現者の葛藤

ユージン・スミスの人間性について、佐伯剛氏はこう語った。

「写真家として条件反射にしている行動と、彼の内面は別だと思います。『LIFE』と喧嘩するなど、いわゆる、メディアという体制に対して自分の魂を売らないというスタンスを貫いていた彼は、野性の本能のような直感に従って主体的に瞬間を捉まえる。しかし、それでも、やはり、自分と他者の距離に悩みながら、自らの表現に葛藤している。そうした真摯さ、誠実さこそ、表現者としての良心ではないかと思います」

森永純は、ユージン・スミスのすすめで渡米する。ニューヨークの写真家たちと出会い、報道写真ではなく芸術写真としての写真に触れ、帰国後、日本で初めての写真個展を開催する。それまで、写真は写真家が作品として発表し、ギャラリーに展示するようなものではなかったのだ。

以降、森永は仕事として地層の写真を撮りながら、自分の表現を地道に追求し続けた。森永は自身の創作のテーマに関しては生涯、無自覚だった。ユージンの言う通り「煩わされることなく」ただ、無我に作品を撮り続けた。森永の写真家人生を決めた人、それは間違いなくユージン・スミスだろう。だが、森永は表現者としては、ユージン・スミスと真逆の作家だ。だからこそ、ユージンは森永に魅かれたのかもしれない。

森永は二〇一八年に亡くなった。彼の作品は現在、故郷である長崎の長崎県美術館に収蔵されている。

水俣病公式確認から六十五年が経過した今、再び、ユージン・スミスの存在が見直されようとしている。彼の写真の芸術性、彼の遺した社会的業績を踏まえた上で、いま、私たち表現者が、彼から学ばなければならないのは、彼の葛藤の深さだろう。

ユージン・スミスの写真を管理する「アイリーン・アーカイブ」が遺族の要望を受けて、「入浴する智子と母」の写真使用を許諾しない決断を下したのは、ユージン・スミスの意思を受け継いでのことであったろう。

水俣病の母子と、ユージンの間には人間としての信頼関係があった。だからこそ撮影ができたのだ。だが、表現者としてのユージンは、彼らのリアリティを超えて自身の表現を追求した。他者を被写体にした場合、写真がどこまで写真家のものであるのかは、微妙だ。石牟礼道子の言うように「悲劇に材をもとめるかぎり、それはすなわち作者の悲劇でもあることは因果応報」なのだろう。

それは、まさにこのように、ユージン・スミスについて書いている私にも言えることだ。この原稿は、会ったこともないユージン・スミスについて好きなように書いている。私は私の体験したリアリティでもって、これを書いている。文章は、写真よりも他者との距離を取りやすいが、写真よりも嘘をつきやすい。偏見は常にある。

だからこそ、人間への信頼が、尊敬が、畏怖が、驚異が、そして、他者は永遠に謎であるという事実を胸に刻むことが、必要なのだ。

その上で、偏見を貫け……と、ユージン・スミスは言っている。

ユージン・スミスが二十世紀の偉大な写真家であることは、間違いない。作品は魅惑的で、美しく、見た者を写真の世界に没入させる。ユージン・スミスの写真は再び世界中の人に「これが水俣だ」と納得させる力がある。

でも、それは、ユージン・スミスの水俣なのだ。

水俣は、どのように表現しても、表現しきれるような事象ではない。その被害はあまりに甚大で、長期間に渡り、多様だ。そこには人間の数だけ人生が、たくさんの人の人生が関わっている。私たち表現者が描くことができるのは、意識のペンライトで照らしたほんの一部分、しかもそれを偏見でもって表現することしかできない。

完結することなどない。先人の不完全さや傲慢さは露呈させられてよい。この荒野は果てしない。いまだ踏み込まれていない領域が、無限にある。

水俣病事件とは何か

［水俣フォーラム］実川悠太

水俣病の発生が確認されてから、すでに六五年が経過しました。しかし、残念ながら水俣病はまだ終わったと言えない、というより問題の核心がやっと見えてきた事件なのです。

一九五六（昭和三一）年五月一日は水俣病の発生が確認された日とされています。若い人には時代の感覚がわかりにくいかもしれませんが、一九五六年は戦争が終わってまだ一〇年しかたっていませんから、当時の人にとってはつい最近まで戦争をやっていた感じなのです。

水俣病発生の公式確認

そのような時代に、南九州西側の不知火海《しらぬいかい》で、原因不明の神経症状の重い患者たちが発見されました。これは、人類がこれまでに知っていた病気ではない、新しい病気だとなったのです。当時も今も原因のわからない病気は珍しいことではないのですが、これが新しい病気だと気付くのは医者なら誰でもできるような簡単なことではなくて、そうなると必ず保健所に届けなくてはならないのです。もし感染症だったら、みるみる広がってしまいますから、医者一人で対処できるものではないので、保健所を中心にして行政が対処しなければならないことです。それで、細川一《はじめ》という医師がこの新しい病気、水俣病に気付いて水俣保健所に届けたのが五月一日です。

実はこの日を節目と考えることには異論もあります。水俣病の原因になった有機水銀は一九三二（昭和七）年から流されていますし、日本がアメリカに開戦した一九四一（昭和一六）年には後の水俣病とみられる患者も出ているのです。さらに原因工場のチッソ水俣工場は一九〇八（明治四一）年には操業を始めています。だから水俣病をチッソ水俣工場排出の有機水銀による汚染と捉えるならば、昭和七年を起点と考えるべきでしょうし、チッソによってもたらされた近代化の矛盾の極点として水俣病を捉えるならば、明治四一年を起点と考えるべきでしょう。しかし奇病、後の水俣病が発生したという社会認識が生まれたのが一九五六年なのです。それは重要です。

患者発生の場所は不知火海です。地元の人たちは不知火海と呼びますが、教科書に載っている名は八代海《やつしろかい》です。九州本土と天草《あまくさ》の島々に囲まれたこの海は、狭い北側と広い南側で底質、海流、生態系も異なっていますが、この南半分が水俣病事件の舞台です。ですから、水俣病は水俣で起こったという認識は明らかな間違いです。水俣病の原因工場は水俣にありますし、初めのころの患者も水俣で発生していますが、しかし南部不知火海を取り囲む熊本県と鹿児島県の二県の、十数市町村に及ぶ非常に広範な地域の人たちが水俣病患者になっているのです。

チッソが流したメチル水銀

水俣病の原因は、メチル水銀という猛毒です。これに汚染された魚介類を食べた人たちが患者になったのです。水俣病の原因は何ですかと問うと、だいたい誰でも水銀と答えます。確かに金属水銀も毒物ですが体の中に入ってもあまり吸収されません。ところが有機物と化合した水銀の中でもメチル水銀はほとんど吸収されてしまうのです。口に入らなくても皮膚に塗るだけで収入されてしまう。しかも生体中からはなかなか出ていかないやっかいな物質です。

チッソが排出したメチル水銀は、アセトアルデヒドという中間原料を作るための工程で出来て工場排水に含まれていました。いくら工場が流しても海に出ると大量の海水ですし、さらに水俣湾は満潮と干潮の差が大きくて海水がしょっちゅう入れ替わるので、非常によく稀釈《きしやく》されます。ところが海の中には大変豊かな生物相があって、植物性のプランクトンを動物性のプランクトンが食べ、動物性のプランクトンを例えばゴカイのような小さな虫が食べ、虫を小さな魚が食べというように、数段階から十数段階の食物連鎖《フードチェーン》を経る過程で、体の中に取り込まれた有機水銀はどんどん濃縮していく。それで人間が食べるような大きな魚になるとかなり高い濃度になっていたのです。海水中のメチル水銀値は、当時の技術水準では計れないほど低いのですが、それは稀釈されて薄くなっているからです。しかし食物連鎖によって非常に濃縮された魚を人間が食べることによって水俣病が起こったのです。

有機水銀を排出したのが日本窒素肥料株式会社、後のチッソ株式会社の水俣工場でした。この会社は、第一次世界大戦後に新興財閥となった企業のひとつです。昭和一〇年頃、この会社は日本で七番目に大きな会社で、「ニッチツ」と言えば日本人なら知らない人がいない会社でした。戦前は現在の北朝鮮にまで進出して電源開発し、日本海沿岸の小さな寒村を巨大な工業都市・興南に変えた非常に力のある会社でした。化学肥料を中心に様々な化学物質を研究し、実用化していましたが、その規模はアメリカが世界恐慌から脱出するため国を挙げて進めたことで知られるＴＶＡ、テネシー河流域開発計画をしのぐほどでしたし、戦後復興期の日本の化学工業を先導していた会社です。

大学のキャンパスの何倍もあるような広い敷地にいくつもの製造設備がありました。相互にパイプでつながれていますが、常に古い製造工程を壊して新しい製造工程を造ったりしていました。その中で生まれていた有機水銀をそのまま流していたのです。

国と熊本県も加害者

水俣病の加害者、つまり汚染源は、このチッソ水俣工場ですが、水俣病の加害者はチッソですというと、現在では不正確な答え、法律的に正しくない答えということになります。

それは、関西に移り住んだ水俣病患者からの訴えについて、国にも損害賠償を命じる判決を二〇〇四年一〇月に最高裁判所が出したからです。判決の趣旨は「国が排水停止を命じていれば、それ以降は水俣病の発生を抑止できた。やるべきことをやらなかったために水俣病が広がってしまった」。だから一九六〇年以降に発症した患者の補償は、チッソと国と熊本県が連帯して責任を負わねばならないというのが二〇〇四年に確定した水俣病関西訴訟の最高裁判決です。チッソが水俣病を発生させて、国と県がそれを拡大させてしまったということです。

それでは被害者となった人たちはどれくらいいるのでしょうか。公害健康被害補償法という法律があります。この法律によって水俣病患者と認定された人は二〇二一年四月時点で二二八三人です。認定患者には補償協定が適用されて一時金一六〇〇〜一八〇〇万円、年金八〇〜二一〇万円の他にも医療費などがチッソから払われます。しかし地元の医師が診断書を書いたうえで、自分も患者だから認定してくださいという手続きをとった人が二万人いるのです。

これに対して、行政はなぜ、これだけしか認定しないのかという問題が七〇年代以降、裁判などでずっと争われてきました。その結果、患者たちが高齢になってきて、もうくたびれたから、水俣病患者と認めなくてもいいから、といってわずか二一〇〜二六〇万円の一時金と国・県が支払う医療費だけで認定をあきらめ和解に応じたような人が六万六〇〇〇人になります。

水俣病の患者たちから最も信頼され、著書も多い原田正純《まさずみ》という医師、医学者がいました。この人は、有機水銀の影響によって健康になんらかのダメージを受けた人、原因不明のまま亡くなった人たちは当時の人口と食生活から推定して五〇万人はいるだろうと言っています。五〇万人というのは大変な数字です。それなのに、六万六〇〇〇人は水俣病患者とは認められないままです。しかもこの内の二万二〇〇〇人は医療費だけですし、それさえ認められなかった人が一万二〇〇〇人います。この和解を勧めた政府がいかに水俣病を理解していなかったかがわかります。

政府との和解に応じた水俣病患者は「水俣病ではないけれど似た症状の人」ということにな

りました。この問題は、大変な人権問題であり、人間が人間として生きていく上での社会生活を様々に困難にしている大きな要因となっています。

水俣病という病気

そもそも水俣病の患者がどんな症状をもっているのか、初期に発見されたかなり重症な人たち、急性激症型水俣病の特徴的な症状が六つあります。感覚障害、運動失調、企図《きと》振戦《しんせん》、それから視野狭窄《きょうさく》、構音障害、難聴の六つです。患者たちに圧倒的に多くみられるのは感覚障害と運動失調で、非常に特徴的な症状です。

水俣病患者の感覚障害は、手や足の先、口の周り等の敏感なところから感覚がだんだん鈍くなって、「痛い」とか「熱い」がわからなくなっていくのです。有機水銀によって大脳の皮質にある小さな感覚細胞が壊されて、手や足から送られてくる信号が、受けとめられなくなってしまう。つまり、手や足などの神経がおかしくなるのではなく大脳の神経がおかしくなっているのです。例えば患者さんに見えないようにしてリンゴやボールを持たせてみると、それがわからない人が結構いるのです。普通、私たちは見えなくても形とか触感、温度とかを無意識に組み合わせて、これはリンゴ、これはボール、これは石だとわかるのですが、それができなくなる。そういう非常に特徴的な症状が出てきます。

次は、運動失調です。ここでいう運動とはスポーツのことではありません。例えば、歩くとか起き上がるとか、そういう日頃の動作に障害が出るのです。つまり、様々な筋肉の動きの共同性がうまくとれなくなるわけです。それで共同運動失調ともいいます。国や熊本県から依頼された患者認定審査会の人たちはこんな症状は他でも起こるからそれだけでは水俣病患者とは判別できないと言うのですが、それに対して水俣病患者をたくさん診てきた原田正純さんのような医者たちは感覚障害だけでもよく診れば水俣病に特徴的なものだと言っています。

そして、もっと具合の悪い人には企図振戦という症状も出てきます。これは、意識したり緊張したりすると体が勝手に震え出すのです。例えば「気を付け」をすると、コップで水も飲めなくなるほど震え出したりするのです。

それから視野狭窄も出てきます。水俣病患者の場合、周辺から段々と視野が狭くなって、正常な場合の一八〇度が一〇度くらいの範囲しか見えなくなってしまう。それも目がおかしいのではなくて、目から信号を受け取る脳が有機水銀でやられてしまって見えなくなるのです。

構音障害の構音とは声音を出すために口を構えるということです。声を出して話すことは実は非常に複雑なことをやっているわけです。口の中の形、舌の形、息の出し方などを正確にコントロールして、例えばアイウエオのアの音だけをとっても、大きくも小さくも高くも低くもしているのですが、それが上手くできなくなるのです。ひどくなると、他の人には何を言っているのかまったくわからなくなってしまいます。最後の難聴は、聞こえなくなることです。

患者の生活は困窮する

これらの様々な症状は、手や足、目や耳がおかしくなるのではなくて、その情報を受け取る脳の機能がやられてしまう病気、これがメチル水銀中毒症なのです。だからある程度の量以上のメチル水銀が体に入ってくれば誰だって患者になるという中毒性疾患です。もちろん非常に濃厚な汚染を受けて、大量のメチル水銀を摂取してしまった重症者の全身の症状がすべて大脳皮質の神経細胞脱落で説明できるわけではありませんから、比較的軽い病状つまり慢性型の水保病こそ中枢神経疾患としての特徴がよく現れていると言えます。

　患者の人にとってつらいのは、水俣病の典型的な症状だけをもっている患者はいないということです。まだ老齢でなくても高血圧とか糖尿病、心臓がおかしいとか頭痛とか数えあげればキリがないほどいろいろ体の不調を訴えて数種類から十数種類の薬をいつも飲んでいるのです。だから水俣病は全身病だという医師、医学者も多いのです。有機水銀により脳の神経をやられて、体の種々の臓器がうまくコントロールできなくなるからだと考えられますし、有機水銀が体中を回って脳に蓄積していくまでの間に体中の臓器や神経がおかしくなるからだろうと考える医学者もいます。

　いずれにしても水俣病の患者たちは、日々を普通に暮らすことも大変です。さらに一見すると健康に見えるような人でもとても他人には見せられないほど具合が悪くなる時期が、一年間に何度かあるのです。先ほどの知覚障害にしても味覚もおかしくなります。そのために料理も作れなくなるし、そうなると一昔前の女性なら結婚も難しかった。

　手先の感覚がなくなったり、歩くとふらつくようになれば、ほとんどの仕事はできなくなってしまいますし、味覚や手の感覚がおかしくなるだけでも、その人の人生にとって大変なことが起こってくるのです。このように病気が出てくると経済的にも苦しくなるし、家庭生活にも大きな影響を及ぼしてくるのです。

胎児性水俣病という脅威

このような水俣病の症状を生まれたときから持たされた患者がいます。胎児のときに母体を通じてメチル水銀の影響を受けた胎児性水俣病の患者です。昭和三〇年代、水俣病多発漁村に、小児マヒのような子どもがたくさん生まれていましたが、医学者たちは水俣病の原因がメチル水銀だとわかると、その子どもたちは水俣病とは無関係だと考えました。なぜなら胎盤は毒物や細菌を通さないからです。お母さんが残していたヘソの緒からメチル水銀が分析されて胎児性水俣病の発生が認められたのは昭和三六年、一九六一年になってからでした。

ではなぜヘソの緒はメチル水銀を通してしまったのか。それは人間が作り出すまで、環境中にはほとんどなかった毒物だからです。胎盤が胎児を守るシステムを作るのに何億年要したでしょうか。しかしメチル水銀などという猛毒を人間が大量に作るようになったのはせいぜい百数十年前からです。何億年にとって百数十年は瞬間です。生体の防御機能は人工の化学的物理的害毒を防げないのです。

現在では、母体の健康に影響を及ぼさない微量のメチル水銀であっても胎児の大脳に先天的な影響を及ぼすことが判明しています。欧米では注意書きを付けないと魚の肉を売ることはできなくなりました。世界中で最もたくさん大型魚類を消費している日本人の水銀値は世界中で最高水準です。

「水俣病」の恩恵を被る者

環境省などは、水俣病をめぐる争いがなかなか終わらないのは典型的な水俣病の症状ではない人ばかりで患者かどうかの判断が難しいからだと言っています。しかし、本当は環境省も政治家たちもよくわかっているのです。患者を増やすと、チッソを倒産させないために国が特別にやっている融資をこれ以上増やさなければならなくなる。

チッソに貸す資金を集めるための地方債を熊本県が発行して、それを国が引き受けるという複雑な手段を取っていたのですが、一般会計から直接投入するようになって、合計一七〇〇億円を超えました。水俣病のために国県チッソが使ったお金の総計が二五〇〇億円ですから、すごい比率です。さらに、患者側の医者たちが言うような形で患者数を増やすと、これの数倍必要となると言われています。しかし米軍基地を移転するために日本政府が負担しなければならない額は、九三〇〇億円にも達するのです。これが高いと思うか安いと思うか、それこそ政府の判断、私たち自身の判断なのです。

政府は「チッソを倒産させないのは、水俣病患者への補償が滞らないため」と説明してきました。現在では患者たちに対する国の責任もきちんと認められたのだから、チッソがつぶれたら国が払えばいいではないかという人もいます。ただ、地域経済がチッソに大きく依存している状況は今も変わらないので、その点で倒産させるのはまずいという側面もあります。

しかし、水俣病という問題は何かと考えると、不知火海周辺住民の患者補償だけではないのです。チッソが流した有機水銀の量は、二億人から一〇億人が水俣病患者になるほどの量です。有機水銀は海に溶けますから海中でずいぶん拡散したのですが、それはどうなるのかという問題があります。非常に広い大海の中でも、食物連鎖と生体濃縮を通じて、また人間に戻ってきてしまうのです。マグロには非常に高い水銀値が含まれているのですが、わが国の漁獲類の水銀規制から外されているのです。

さらに誰が水俣病の加害者なのかと考えていくと、チッソや国だけではなく、その頃チッソが生み出した技術によって大きな利益を得た人たちが大勢います。関連業界や金融機関だけではなく、私たち自身もチッソが開発した商品によって日常的な利便性を得ました。例えば、今私たちはパソコンや携帯電話を使います。その中にはＩＣ（集積回路）が入っていますが、これは不純物の含有量が一〇のマイナス一八乗以下という高純度シリコン上にプリントしないと微細な回路はできません。シリコンという特殊な金属の大きな結晶を作ることによって不純物を除くのですが、これはチッソが開発した化学的な技術を用いて行ないます。

それから、乳児や老人が使うおむつや女性用ナプキンをやぶいてみてください。そこには白い粉が入っていますから、水滴を落としてみてください。すぐゼリー状になるのがわかります。こういう吸湿剤を最初に商品化したのもチッソです。このようにチッソが初めて開発したものは数多くあります。これらの技術の多くは一九五〇年代のチッソの特許なのです。当時のチッソは高給を払って優秀な技術者を日本中の大学から集めました。この時期のチッソの特許申請数は大変な数でした。その大半を一九七〇年代に入って水俣病患者への補償金の支払いのためにチッソは売りに出したのです。現在の三菱ケミカルや三井化学も買っていますが、それが八〇年代、九〇年代になって商品化されました。二〇〇〇年代に入るころからでしょうか、テレビやパソコン、携帯電話に液晶パネルが使われるようになりましたが、あの液晶そのものを作っていたのはチッソですし、太陽光線を電気エネルギーに変える太陽光パネルに入っている物質を作っているのもチッソ。この二品は国際的にもシェアを持っていましたから、二一世紀に入っても「技術のチッソ」でしたが、最近では赤字続きです。

　結果として私もみなさんも、チッソの恩恵を受けているのです。海外も含めて、現代社会を生きる者にとってはチッソが開発した商品や特許は、生活上不可欠なものになっています。そしてこれらはすべて五〇年代のチッソの先行投資から得られた技術なのです。

　戦前は財閥でしたが、敗戦によってすべてを失ったチッソがなぜそんな先行投資をできたのか。それは、アセトアルデヒド工程でたくさんのメチル水銀を流して大きな利益を上げながら、労働災害や公害の防止に一切配慮せず、工場を操業してきたからに他ならないのです。そして私たちは、現代社会は、等しくこの恩恵を受けている。

　これが水俣病事件なのです。

第五章

近代に現われた「日本の精神の古層」

近代に現われた「日本の精神の古層」

中村元《なかむらはじめ》さん、という著名な仏教学者がいらっしゃいます。この間、中村さんの本を読んでいたら、とても面白いことが書いてありました。中村さんは、「何で日本人っていうのは、元々の仏教をこんなに変えてしまったんだろう」と。そして「日本の仏教は仏教じゃない」とおっしゃる。なぜかというと、仏教というのは、人間の明晰な明智・智慧・理性によって、一切は空《くう》であるという唯識《ゆいしき》に至る非常に科学的な教えであると。ところが、それが日本に入ってきた途端にものすごく現象学的なものにしてしまった。そうしないと日本人は受け入れてくれなかった。だから日本人は唯識でもって空を悟るというようなことには、ほとんど興味が無かったんだっていうことを書いているのです。

日本人は仏教が入ってきたときに何をやったかというと、自分たちの気持ちの良い方向にその教えを変えていった。変えていったというよりは、最初に入ってきた仏教が、民衆の心を摑むためにどんどん変形していったと言ってもいい。どう変わっていったかというと、加持祈禱と言いますか、シャーマニズムと言いますか。もうちょっと分かり易く言えば密教のような形。呪術とかと結びついて、何か御利益《ごりやく》があったりとか、それによって良いことがあったりとか、病気が治ったりとか。

民衆はそういうことが好きで、仏教は大体そっちの方向に流れていった。ここまで見事に変形せしめるというのも、これは日本人の、要するに何か心の奥底に持っている特徴なんだろうと。いったい日本人は、何が好きなのかということを中村さんは考えるわけです。それでその結論というのが、日本人は自然が好きだというところに行き着くわけですね。

　私達が自然が好きだって言ったって、イギリス人だって自然が好きだろうし、中国人だって自然が好きだろうし、ドイツ人だって自然大好きというふうに思うわけですよ。そうなんだけれど、日本人の自然の好き加減っていうのか、好きさの方向性というのが独特だと中村さんは言うのです。どう独特かと言うと、例えば中村さんはインドの研究をずっとしていた方なので、インド人と比較をするのです。インド人も自然は大好き、日本人も自然が大好き。それでは、インド人と日本人は、どういうふうに自然をおもっているのか。

　インド人が好きな自然というのは、人間と対峙してくる自然なんですね。対峙といいますか、人間を否定してくる自然。人間がとても太刀打ちできない、入っていけない、人間にとって理解不能な自然。その自然の中に独特な力を見出し、それをインド人は愛した。自分とは違うものだということをはっきりと自然に対して思っていたと。

　ところが、日本人の自然好きというのは、愛しい、哀しい、何かこう私と一緒。つまり日本人は自然を自分と同一化させることが大好きなんですね。そういう民族なのです。こういう民族は、実は私達くらいなんですよ。あまり世の中というか世界に、ここまで自然好きはいない。他の民族は、もうちょっと自然と距離があるんですよ。それで、何か昔からお坊さんでも短歌とか詠むじゃないですか。「願わくは花のもとにて……」とか、色んな自然と同化した気持ちを詠んでいくわけですよね。

本来ならとても科学的な思考をする人でさえ、歌に詠む時は自然と一体化してしまうんですよ。どんな物理学者でも歌を詠む時は、自然と一体化したものを詠む。どこかで必ず自然と一体化したい私がいるというのが日本人の特徴なんですよ。

そのことについて、「何でだろう？」というふうに中村さんは哲学している。日本人の自然好きというのは、生半可な自然好きではなく、何か自然を人格化している。人間と同じように自然現象を扱って、もう自分の感情は自然現象とどっぷり一緒みたいなところがある。そうやって、生きてきたんですよ。

それで中村さんは、こういう日本人だから結局仏教も、ロマンチックなものになってしまった、ということをおっしゃるのです。けれども、その先を考えて考えるうちに寿命が尽きてしまった。日本人のシャーマニズム好きについて短く論文にまとめていらっしゃる。けれども、日本人にとってのシャーマニズムとは何なのかということは言及されていないんです。

なぜグレゴリオ暦を使うのか

元々シャーマニズムというものは、日本の中ではすごく誤解されて浸透していて、何か巫女《みこ》みたいな人がいて、お祈りなんかして怪しいこともすれば、病気も治してしまうみたいな、その程度に理解されているんですが、実はちょっと違うんですね。

それはシャーマニズムの本当にごく一部、表層の部分でしかないんです。シャーマニズムを説明するのは、たいへん難しくて、そのためには、まず皆さんがどういう価値観に洗脳されているかということを最初に説明しないと理解してもらえないところがあるんです。

環境に適応しないと人間は生きていくのが大変だから、人間はどんな自然環境でも、どんな社会環境でも、適応する。適応力があるから高山の三千五百メートルみたいなところから、それこそ海が侵食して沈んでしまう島にまで、人間は生きてはびこっているわけです。ただその適応力によって、色んなものに洗脳されやすいというか、考えなくさせられやすい面も持っているということなんです。

例えば、私たちは今、グレゴリオ暦というのを使っています。その前まで私たちは、旧暦というのを使っていたのです。旧暦とグレゴリオ暦というのは、一か月くらいの差があって、旧暦っていうのはちょっとずれていくのです。

このグレゴリオ暦というのは、自然とは全然マッチしてないんです。グレゴリオ暦は数字合わせなんです。一年を三六五日と定めて、閏年《うるうどし》も作って微妙に計算で巧いこと組み合わせる。皆がこのシステムに則《のっと》ればＯＫで生きていけるから、皆これにしようと。そうすればやりやすいじゃないかと。何がやりやすいかというと、農業でないことは確かですね。農業は自然とマッチしてないことにはできませんからね。日本は長いこと稲作をやっていましたから、旧暦を使っていたのです。旧暦というのは自然に人間が合わせている暦です。

それでは、グレゴリオ暦を使ってやりやすいことは何かといえば、簡単に言えばビジネスです。時計があって世界標準時間があって、グレゴリオ暦があればやりやすいですよね。人間が自分たちの利益のためにお金を稼ぐ。そして稼いだお金で食べ物を買ったり、服を買ったりとか色々するわけです。皆で一斉に決めたことをやったら利益が上がるというのは、先進国の労働なのです。グレゴリオ暦というのは、そういうことをやりたい人達が作ったのです。

それで日本も先進国になって、これから経済大国になっていくなら、旧暦なんか使っていては仕事にならないと言われ、グレゴリオ暦に変えたのです。それで、高度経済成長を成し遂げてきたわけですよ。けれども、それが私達にとって使い勝手がよかったかと言ったら、もちろん使い勝手がよい人もいれば、よくない人もいるわけです。いまだに沖縄の人達は旧暦を使っていますよね。

そういうふうに、あるときに人間というものを、一旦自然の外に出して、人間を中心にして物事を考えるという思想が生まれてきたのです。

シャーマニズムというのは、自然と人間との安定のために、人間が生み出した方法論なんです。ですから、自然を人間の一部として考えてしまう日本人が、仏教にシャーマニズムをどんどん組み込んでいくというのは、当然のことといえば当然のことなんですね。

それが好きだというよりは、私たちはこの四季のある日本というところに住んでいて、自然から恩恵を受けていたのです。海があり魚が取れる。山へ行けば茸《きのこ》がいっぱいあるし、食べ物は豊富。まあ、時々局所的に飢饉なんかもくるけれど、国全体が飢饉に見舞われたということはないし、どこかで誰かは生き延びられる。

日本の古層とシャーマニズム

人間が、自然の中で自分たちを安定させるために法則性を見出していったことの大きな要因に、人間の二つの感情があるのです。人間にとっての深い、トラウマといいますか、太古から未だに支配され続ける感情。それが恐怖と怒りの感情です。人間は二万年くらい前から、文化をもって暮らしているんですけれども、二万年前から感じていた最も強い感情は、恐怖と怒りなのです。もうとにかく怖かったんですよ。毎日毎日、狩りに行かなくてはいけなくて、それで森の中には動物がいるわけです。熊とかに襲われて食べられたり、毒をもっている蛇とか、色んな恐ろしい敵がいる。そういうものとしのぎを削りながら長い間生きてこなければいけなかったのです。

そういう恐怖が、シャーマニズムを生んでいくのです。最初はとにかく怨霊《おんりょう》と動物が怖かったのです。今でも似たようなものですけどね。怨霊が怖いから、ホラー映画が流行るわけでしょう。

なぜ怖かったかということは、「熊の儀式」なんかを見ていくと、とってもよく分かるのです。熊を殺して食べるわけです。熊はものすごい栄養源なんですね。シベリアの寒い地域では、なかなか動物性タンパクが摂れないから、とにかく熊が食べたいと。熊を獲れば、毛皮にもなるし、からだ全部色んなものに応用がきくんですね。
だけど熊というのはとにかく大きいですし、人間より強いし、牙だってあるし、熊を射止めるというのは、人間にとって、生きるか死ぬかの戦いだったわけです。それでも熊を食べたいし、熊が持っている毛皮とか脂肪とか、そういうものが全部欲しいから、皆で熊を殺しにいくわけです。

けれども熊は人間を見つけると威嚇してくるし、あの目で、「ギロン」と睨まれると、人間もドキッとしてしまう。人間が勝ったにしても、「この熊が自分を呪ったらどうしよう」とか、「この熊が死んでまでも、怨霊として自分を祟《たた》ったらどうしよう」とか、ものすごく怯えながら食べていたんですね。

それでその当時の人達がやっていたことは、熊を食べながら、「あなたを食べているのは人間ではありませんよ。カラスですよ」と、熊を騙すために、熊を食べるときに必ずカラスの真似をするという風習が残っているのです。皆で「カァカァ」言いながら、手をバタバタさせて、「私はカラスよ」って、熊に言い聞かせるために、カラスの真似をして熊を食べる。それくらい怖かったわけです。

そうやって動物を真似るという行為、何かを擬態するという行為が次第に人間を演劇や能などの芸術に導いていくのです。

「学ぶ」という言葉の起源は、「真似る」だという説があります。狩猟採集時代というのは、はっきりとした言語というものがないわけです。だから、「あそこに熊がいて、あっちに行くと危ないぞ」というときには、熊のものまねをして、「あっち、あっち」みたいなふりをして、非常に短いセンテンスで意思の疎通をしていたと思うんです。

だから、人間にとって「真似る」という行為は、ものすごく深い意味を持ちます。人は真似ることから、自然界のこと全部を学んできたのです。まずは、真似てみる。

カラスになって、「カァカァ」と言いながら、熊を食べているときに、何か段々カラスになってしまったような気になった人が出てきたのだと思うんです。そういう思い込みの激しい人というのは、いまだに巫女とか、霊媒師になるのでしょう。

それで真似てカラスになったり、今度は、「熊はすごい、熊は強い、熊はかっこいい。だから熊の真似をしたら、自分にも熊の力が宿るのではないか」と、そういうことを考え始め、熊の真似をしてみる。また、兎になったら、兎のように速く走れるのではないかと思って、兎の真似をしてみる。「ピョンピョン、ピョンピョン」と。そうすると段々、何か狐憑きみたいに「自分は兎？」って本当に思い込んじゃう人が出てくる。そうすると人間の潜在能力みたいなものが発揮されて、本当に「ピョーン、ピョーン」と跳んじゃって、「あー本当に兎になったよー」といって、「村人びっくり！」みたいな。そういうことを、繰り返していたんだと思います。

そういうところから、シャーマニズムというものが起こってきたのです。そして、人は真似ることによって、そのものになれるかも知れないというところから、能や、演劇というものが出てくるのです。人は潜在的に何かを真似るということが大好きなのでしょう。真似て別のものになる。真似て私ではないものになる。これをすることによって、自分はすごく「ゆるく」なる。解放されるのです。

動物の真似とかをしているうちに、もっと手が込んできて、動物の皮をかぶるとか、お面を付けるというところにいくのです。お面を付けて自分という存在を隠すことによって別の存在になる。それで、そういうことがとても上手な人がいたんですね。きっと、そういう人が初代のシャーマンになっていったんでしょう。

何かの真似をして、自分がそのものになってしまったときに、自分というものがぼんやりとして別の感覚を得る。例えば、自分が熊に憑依しているときに、熊のようになっていた。或いは、狐になってみたときに、狐のように野を駆ける経験をしたと。それで狐になって野を駆けているときに、「滝があるのが見えた」とか、「あそこの穴蔵に、兎の子が見えた」ということがあって、実際に行ってみると、本当に滝があったと。本当に兎の子どもがいたと。「ここに来たのは初めてなのに、俺は狐になっていたときに、いったいどういう状態になって、どこを駆けめぐっていたんだろうか?」というようなことが起こりはじめるのです。

そうやって他の存在の感覚を体験し、意識の視点を拡張していくことで自然界でバランスを取る智恵を得たのです。それがシャーマニズムです。

縄文の世界

石川県の能登半島に縄文真脇《まわき》遺跡というのがあります。たいへん珍しい縄文人の遺跡で、何と、考古学的な調査によって、その場所に縄文人が四千年から五千年定住していたことが確認されているのです。四千年から五千年ですよ。私たちは、二千年で地球環境を破壊して今まさに世界中で大変な自然災害が起きています。縄文の人たちは五千年の間そこに定住して、しかも戦争もせずに、そこの土地の自然と調和し続けていたんです。これはなぜでしょうか。

彼らは自然の中で自分を安定させる知恵を持っていたんですね。そこでは色々な遺跡が発見されているんですけれど、日本の考古学好きな人たちの中でも謎だって言われているのは、日本最大のウッドサークルというものです。これは十本の栗の巨木が円形に並べられているもので、その形跡から、何度も何度もその場所で建て替えられていることが分かっています。

そのウッドサークルが何に使われていたかというと、そこでシャーマニズムの祭事が行われていたらしいのです。彼らは文字を持っていないので、私たちは類推・推測することしかできませんが。

哲学者の梅原猛《うめはらたけし》さんは、アイヌがやっている「イオマンテ」という熊送りの儀式と似たようなことがこの場所で行われていたのではないかと言っています。つまりこの円の中は魂をあの世に送る場所だったのだと。魂を送るというのは、つまり、何のために魂を送るかということなのですが……、私たちは何のために葬式をしていますか。人が死んだらお葬式するでしょ。何のためにお葬式をするのでしょうか。考えたことありますか。親が死んだ時とか、お祖父ちゃんやお祖母ちゃんが死んだ時とか、皆さんお葬式をしましたでしょう。ある程度の年齢になったら色んな人のお葬式に出ていますでしょう。どうしてお葬式に参加したんですか。どういう気持ちで参加なさっていました？　「ご冥福を祈る」というようなことをよく言いますよね。「無事にあの世に行ってください」とか、「安らかにお眠りください」という気持ちですよね。

　しかし、昔の人とはちょっと違うんですね。そのウッドサークルに色んなものの遺体を埋めていた彼らの発想の中には、どうも「必ず戻って来いよ」っていうのが入っているんです。つまり、よく生まれ変わるために、ちゃんと送るということなんです。もう一度生まれ変わるために、きちんと送らなければいけないという発想です。必ず再生することを信じた。もう一度戻ってくれなくては困るのです。

　この円環の思想、必ず戻ってくるという、これが日本人にとっては最も古い思想だったのです。私の夫の両親は岡山の出身ですけれど、出かける時に、普通私たちは「いってらっしゃい」と言いますよね。でも岡山の両親は「いってお帰り」と言うんですよ。必ず行ったら帰っておいでって、出掛けに言われる。私は、岡山は古いなって思ったんですけどね。近代に入ってだいぶ変わってしまって、最近は行ったきり戻ってこなくなっちゃったんですよね。

　なぜ戻ってこなければいけないかというと、これは日本の自然ととても関係があるわけです。日本には四季というものがあるでしょう。そうすると、春夏秋冬ってものが必ず巡るわけなんです。枯れた木も春になると芽吹く。去っていった魚も季節になるとやってくる。渡り鳥も去っていっては戻ってくる。つまり全部そうやって生まれ変わって戻ってくるから、「すべてはそうなんだ」って普通思うでしょう。「そのように世の中はできているんだな」って。だから、命っていうのは帰ってきてくれるから、自分たちはこうやって毎年毎年お魚を食べられる。熊も去年殺したけど、また山から出てきた。よかった。よかった。生まれ変わってきてくれたから、また今年もお腹いっぱいになった。茸も取ったけど、少しだけ残しておけば、また来年のその茸から増えて、また、たわわに森のめぐみがやってくると。

つまり、きちんと自然に対して敬意を払って扱えば、必ず戻ってくる。だから人間が死んだって、ちゃんと弔えば、また生まれ変わってくるという考え方なんです。これを縄文人の人たちは五千年やり続けてきたんですよ。縄文真脇遺跡は、行ってみたら分かるんですけど、日当たりがよくて、こっちは山で、反対側は海で、小さな湾になっていて、キラキラしたような美しい場所で、いい温泉もあって、豊かな場所なんです。そこの湾の中にね。毎年毎年、シャチがイルカを追い込んでくるんですよ。何百頭も何千頭も。それでイルカからとった油・脂肪を彼らは享受して、五千年の間そこで繁栄し続けた、そんな智恵をもった人たちが私たちの祖先です。

自然と私

例えば、ここに一本のりんごの木があるとするでしょう。そこに私がやって来て、りんごの木の下で一休みをしました。「今日は暑いけど、りんごの木の下は涼しいな！」と言う私。私の目から見ると、この木はいい木陰を作ってくれる有難い木で、しかも、りんごの実が落ちてきたら、それも食べられる。食べものも恵んでくれる。「ありがたや、ありがたや」なんですよ。

さて、それでは、そのりんごの木に一匹のクワガタがくっ付いていたとします。また、枝には一匹の毛虫がいたとします。クワガタの眼から見たら私はどう見えるでしょうか？

全然関係ないよね。クワガタから見たら私はちょっとした影？　眼中にないかもしれません。私のこと見てないでしょう。クワガタは「この樹液がおいし！　チューチュー」みたいな感じでくっ付いているわけですよ。クワガタにとっての自分の世界は、木の幹の樹液と、イボイボした感触の木の中、そこで生きているわけですよ。毛虫にいたっては、実の甘い匂いに誘われて、そこに行って食べたいという。

私とクワガタと毛虫とりんごの木は、同じ世界の同じ位相の中に存在しているんですけれど、主体をどこに置くかによって見える世界は違います。

りんごの木はどうでしょうか。りんごの木にとっての私という存在は何かといえば、私がりんごを食べると。うっかり種も食べちゃった。木は「よしよし、この人間、遠くに歩いていけよ。そこで、野糞でもしろよ。そしたらそこに芽が出るぞ！」みたいな、人間も戦略としての、自分の種を運ぶための一員でしかないんですよ。よく秋に藪《やぶ》の中を歩くと、チカチカした変な実が付きますよね。あれは、人間がそれをくっ付けて、色々な所に運んでくれれば植物はＯＫなんですよ。

つまり自然というのは、私中心だけで見ていても何も見えないわけです。それぞれの主体にそれぞれの戦略があり、勝手な世界観の中で生きていながらバランスがとれているんです。古代の人たちはその事に気が付いていたんです。自分中心って思っていないわけなんです。木にも木の都合があることを理解していた。クワガタにもクワガタの事情があり、毛虫にも毛虫の事情があるんだと。そして植物にも植物の戦略性とかね。三年に一回大量に実を付けて、リスが食べきれなくなって余らせるので、その芽が出るとかね。そういうことも含めて全部分かっていたんですね。

動物や植物側の都合にも立てる。私なんか全くダメです。人間側の都合にしか立てない。頭では環境保護とか自然保護とか自然崇拝とか偉そうなこと言ったって、結局、私の都合の範囲の中から言っていることに過ぎない。意識を拡張して他の生物の視点を経験していないからです。自分から一歩も出られないんですね。

日本民族の特徴

ここに、水があるとします。私は「お水」と呼びます。

何で水に「お」を付けるの? 「お」は敬称ですよ。漢字で書くと「御」です。つまり、私たちは尊敬しているんです。水なのに「お水」と言って。「お酒」「お餅」「お米」「お皿」「お鍋」。

物に全部「お」を付ける民族は、他にいません。だから、海外の方は、「皿」じゃなくて「お皿」で一語だと思っている。けれど日本人にとっては、「お」と「皿」は別ですね。

何で我々は皿を大事に言うんですか。なぜ水に「お」を付けていちいち言うんですか。鍋まで「お鍋」。鍋くらい「鍋」でいいですよね。でも我々は、元からそういう人たちなんですよ。あらゆる物に存在意義を認めてしまう、自然界のあらゆる物が大事なんです。そういうふうに生きてきたから、そう簡単に変えられない。風習として残ってしまうんです。だから、そう簡単には我々の精神は欧米化できないのです。してしまうと、とても苦しいわけ。苦しいからキレたりするんですね。

なぜキレるのか。我慢ができないからキレるのです。そうでしょ？　我慢できたらキレないですね。じっと堪えられればキレませんよ。もう堪えきれないから、「ブチッ」てくるわけでしょう。なぜ我慢ができないかというと、自分で変えられると思っているからなんです。自分中心だから。

私たちは、お水にまで「お」を付けてお鍋にまで「お」を付けて、自分で決めたくせに「結婚することに相成りまして」と言ってしまう。しかし、グレゴリオ暦が入ってきて旧暦を使わなくなって、こんなふうに外を見るとすっかり緑も少なくなった。

これは砂漠の民族に合わせた文化で資本主義化しているから、町も砂漠みたいになっていくんです。キリスト教が発生してきた頃の原風景みたいな都市になっているわけです。全然私たちと文化が違うものを受け入れて、私たちは先進化したんです。だから都市も制度もどんどん砂漠の民に近づいていくんです。けれど、精神まではなかなか近づけないんですよ、二万年の歴史があるから。

私たち人間は、実は自然なんです。木とかクワガタと同じように生物で、自然の一部なわけですよ。しかも歴史的にもその自然の一部であることが大好きだった日本人。なのに、そうじゃない教育、そうじゃないシステム、そうじゃない暦、そうじゃない社会、そういうものを使って暮していくことは、かなりのストレスなんです。

戦後は、人権、人間の尊厳、個人の自由というのがとても教育現場で大切にされてきました。だから私たちは、人権を主張し個人の尊厳を持ち、とても尊い人なのです。戦後教育の中ではね、そう教えられて生きてきているんです。だから「私の尊さ」というのが侵されるとメチャクチャ腹が立つ子どもが増えるわけです。

「君には人権があるんだ」「子どもたちの人権を大事にしよう」「お前の命は地球より重い」と、言われながら育ってきて、「地球より重いか」って思いますよね。そんな重い命を与えられてしまったら、しんどくなってしまうのが日本人なんですよ。虫の音色に涙してしまう人たちですからね。

人間存在というものが、自分にとって非常に重く、それから重要なものとしてのしかかってきたときに、私たちは自然を受け入れられなくなるんです。こんな尊厳のある絶対的な人間である自分なのに、自然は思い通りになってくれません。

例えば、自分が産んだ子どもに対して「この子どもは私という個人の尊厳をもってして私が産んで育てているのに、私の思い通りにならないとはなにごとだ」と耐えられなくなっていくんです。

そして、自分の感情が思い通りにならないことまで耐えられなくなってくるのです。人間が自然である以上、肉体感覚が呼び起こす感情というのは、これも自然なのです。体の中から湧き上がってくる怒り、恐怖、喜び、中でも特に扱いが難しいのが、最初に言ったように恐怖と怒りです。これを抑えるのは本当に難しい。けれども、この感情ですら、自分の思い通りになるという錯覚を、今、かなりの人が持ってしまっている。そして、思いのままにならない感情に対して、逆ギレしてしまうのです。

「何で俺はこんなことができないんだ」とか、「なぜ俺は人を恨んでしまうんだ」とか、いい人ほど、自分を責めていってしまい鬱になる。天気を変えられないのと一緒で、感情も変えられないんです。でも嵐は過ぎて陽はまた昇る。それが信じられない。待たずに、どうにかしてやろうと焦る。これは生きていくうえで、とても苦しいことです。

私たちは今、とても大きな変化の時を迎えています。環境も、価値観も、生活様式も、激変しています。やはり日本人の中の深いところに根ざした、宗教性、霊性にまで遡り、もう一度自分たちがどういう民族だったのか、何が大事で何と共に生きてきたのか、を思い出さなければいけないだろうという危機感を持っています。

そして、水俣は、この日本人の深い部分に根ざした思想を貫いた人々が、システム社会と闘った場所なのです。水俣は遺跡ではありません。現存する場所です。そこには、私たちが未来をつくる上で必要な思想があります。水俣の歴史から学ぶことができます。言うなれば、水俣は日本の宝です。私はそう思っています。

おわりに

不知火海は森によって育まれた美しい海と、その海に生きる魚や生物たちの楽園です。いまも漁が盛んで、穏やかな湾を漁船が行き交っています。不知火海でとれた釜揚げしらすを送っていただいては、食卓でしらす丼を味わっています。水俣の山側にはいくつもの農園があり、果物がたくさん採れます。私の友人は、水俣病で海に出られなくなった漁師さんを就労支援するために、無農薬で甘夏をつくり始めました。事業は実を結び、その甘夏がたいへんにおいしいことから、全国より問い合わせが来るそうです。インフラの発達で、水俣はとても近くなりました。ネットで注文すれば、翌日には品物が届きます。水俣の様子も、ＳＮＳで知ることができます。

時代は、ずいぶん変わりました。

いま、日本全体がCovid-19の脅威にさらされており、政府はこの情況を「災害だ」と呼んでいます。医療崩壊が危惧され、病院に入院できず自宅療養をする人たちが増えています。

この本の原稿をまとめながら、杉本栄子さん、緒方正人さんの言葉を読み返していると、まるでコロナ時代への警告のように感じられ「知ったかぶりや嘘はやめてください、わからないことはわからないと言ってください」と叫んでいた杉本栄子さんの声が聞こえてくるようです。

どのように便利になっても、システム化社会の本質は変わっていないどころか、よりいっそう情報が人間を支配するようになりました。人と人とが分断されるなか、地球温暖化による異常気象は豪雨となり、各地で大きな自然災害が起きています。

この地球規模の危機の時に映画『MINAMATA』が世界で上映され、水俣病事件が注目を集めることになったのは、人類にとって希望の兆しのように感じました。水俣には、私たちが学ぶべき大切な教訓と思想があります。いま、まさに必要とされる人間の叡知です。人間としてどう生きるべきかを知ることで、情報や技術に振り回されることなく、それらを役立てていけるでしょう。たくさんの資料や映像、作品が残っています。学ぼうと思えば、昔よりもずっと水俣は近くなりました。世界中の人たちに、水俣の祈りが届きますようにと願っております。

この本の執筆にあたり、水俣フォーラムの理事長の実川悠太さんにはたいへんにお世話になりました。実川さんの励ましがあって取材を続けることができました。心からお礼申し上げます。

かぜたび舎の佐伯剛さんには、写真表現に関する多くの助言をいただきました。

また、漁師の杉本栄子さん、緒方正人さんには度々貴重なお話を聞かせていただきました。まことに残念なことですが、杉本栄子さんは二〇〇八年にお亡くなりになられました。原稿はご子息の杉本肇さんに読んでいただきました。緒方正人さんには、原発事故から間もない飯舘村に同行していただき、たいへんお世話になりました。ほんとうにありがとうございました。また、水俣での取材に協力してくださった淵上由美さん、ガイアみなまたの代表高倉敦子さん、語り部の会の会長・緒方正実さんの変わらぬ友愛に、心から感謝申し上げます。

水俣ではたくさんの方たちにお世話になりました。重ねてお礼を申し上げます。

田口ランディ

二〇二一年八月十六日

本書は左記の原稿をもとに、大幅に加筆、修正してまとめ直したものです。
第二章の杉本栄子さんへのインタビュー、第五章の東本願寺での講演録は本書が初出です。

「水俣という希望」『寄る辺なき時代の希望』二〇〇六年九月　春秋社
「魚の泪」『サンカーラ』二〇一二年十月　新潮社
「患者さんの声を聞く」『公衆衛生』二〇〇六年四月号・五月号　医学書院
「ユージン・スミスの旅」『風の旅人』二〇〇八年十二月号　かぜたび舎

田口ランディ（たぐち・らんでぃ）

一九五九年、東京生まれ。二〇〇〇年、長篇小説『コンセント』を発表、本格的な作家活動を始める。以来、人間の心や宗教、社会問題等をテーマに、フィクションとノンフィクションを往還しながら幅広い執筆活動を続けている。またその作品は各国語に翻訳され、海外でも高い評価を得ている。〇一年、『できればムカつかずに生きたい』で婦人公論文芸賞を受賞。著書に『被爆のマリア』『富士山』『リクと白の王国』『逆さに吊るされた男』『ヒロシマ、ナガサキ、フクシマ　原子力を受け入れた日本』『いのちのエール　初女おかあさんから娘たちへ』など多数。

水俣《みなまた》 天地《てんち》への祈《いの》り

二〇二一年九月二〇日　初版印刷
二〇二一年九月三〇日　初版発行

著　者　田口ランディ
発行者　小野寺優
発行所　株式会社河出書房新社
〒一五一－〇〇五一
東京都渋谷区千駄ヶ谷二－三二－二
電話〇三－三四〇四－一二〇一（営業）
〇三－三四〇四－八六一一（編集）
https://www.kawade.co.jp/

組　版　株式会社キャップス
印　刷　株式会社亨有堂印刷所
製　本　小泉製本株式会社

Printed in Japan
ISBN978-4-309-02992-4